编著／黄 茵 摄影／黄谷柳 黄 茵

1951-1953,

中国的文人与中国的军人

——巴金与他的战友们在朝鲜前线

岭南美术出版社 LINGNAN ART PUBLISHING HOUSE

图书在版编目（CIP）数据

1951—1953，中国的文人与中国的军人：巴金与他的战
友们在朝鲜前线 / 黄茵，黄谷柳著. —广州：岭南美术
出版社，2007.11
ISBN 978-7-5362-3792-6

Ⅰ.1… Ⅱ.①黄…②黄… Ⅲ.①作家—生平事迹—中
国—1951～1953②艺术家—生平事迹—中国—1951～1953
Ⅳ.K825.6 K825.7

中国版本图书馆CIP数据核字(2007)第172553号

策　　划：徐南铁　左　丽
责任编辑：左　丽　汤白鸥
装帧设计：汤白鸥
责任校对：虞向华
责任技编：钟智燕

1951—1953，中国的文人与中国的军人
巴金与他的战友们在朝鲜前线

出版、总发行：岭南美术出版社
　　　　　　　（广州市文德北路170号3楼　邮编：510045）
经　　销：全国新华书店
印　　刷：广州市岭美彩印有限公司
版　　次：2007年11月第1版
　　　　　2007年11月第1次印刷
开　　本：787mm×1092mm　1/16
印　　张：12
印　　数：1-5000册
ISBN 978-7-5362-3792-6
定　　价：38.00元

"小女人"面对历史的硝烟

—— 序《1951–1953，中国的文人与中国的军人》

中国现代文学馆馆长 **陈 建 功**

　　黄茵是老朋友了。上个世纪90年代，我们相识在《家庭》杂志的一次活动中，那时她还是《家庭》的一名编辑。随后不久，她就相继发表许多清新淡雅的散文随笔，从而成为某些评论家称之为"小女人散文"的代表作家之一。"小女人散文"这称谓，或可概括那个时代某些女性散文家的特点，闲适、纤巧，然格局有限。惟不知黄茵是否认同这一叫法，反正我是不大喜欢的。之所以不喜欢，是因为觉得有点简慢的味道。每个作家都有自己生活的阅历，有自己的视野与局限，提出批评、建议甚至加以指教，都无可厚非，但对他们的精神劳动，无论如何，都是不应简慢的。就拿所谓的"小女人散文"来说，希望她们拓展更宏阔的视野，反映更丰富的生活，当然是对的。然而我们对她们为当下文学所做的努力和贡献，是否有清醒的认识和足够的肯定？……当然这都扯远了，姑且不去管他。与本书有关的话题是：对人，比如对那些曾经被我们称之为"小女人"的散文家们，对那些"住小户型，开宝马车，泡星巴克，吃哈根达斯，看伊朗电影，读杜拉斯"的"时尚小资"作家们，包括对那些被人称之为"80后"的青年作家们，是否应该对他们关注社会的热情，对他们投身时代洪流的可能，对他们拓展视野的努力，给以更多的信任与期待呢。

　　我这感想来之于黄茵的这本《1951–1953，中国的文人与中国的军人》。你能想到"小女人"黄茵忽然面对起历史的硝烟，搞出这么一本书来吗？

　　不久前黄茵给我来了个电话，让我颇感突然。进入上个世纪的最后几年，黄茵似乎是渐渐淡出文场了。其间我曾数度到广州出差，问起黄茵，几乎没有人知道她的去向。然而，她竟从天而降，说是带了很多中国作家、艺术家当年到朝鲜战场慰问、采访的照片，来北京找人辨认来啦。我知道，上世纪50年代初爆发的抗美援朝战争，牵动着全中国人民的心，也吸引了一大批中国作家、艺术家的目光。1952年3月，时年40余岁的巴金先生就曾率领17人的作家采访组，来到了朝鲜，在战火纷飞的前线度过了300多天，后来写出了《我们见到了彭德怀司令员》、《团圆》等作品。中国文人与中国军人在战火中共处的日日夜夜，似乎很少见到图片的呈现。而黄茵的外祖父、著名的广东作家黄谷柳既是采访组的成员，又是兼职的摄影家。黄茵告诉我，她从外公的遗物中发现了一批摄影胶片，原来就是黄谷柳拍摄的巴金等文艺家在朝鲜前线的珍贵写真。她把这些胶片冲印出来，发现了它们的重要文献价值，可是她只能从这些照片中认出自己的外公黄谷柳和巴金先生，由此产生查证照片人物来龙去脉的愿望。随后，她辞去公职，带着她珍贵的图片、《黄谷柳赴朝日记》以及一些有关人士的回忆文章，还有羞涩的"阮囊"，走上了艰难的探访查证之路。

作为中国现代文学馆的馆长，这消息给我带来的欣喜是不言而喻的。然而我更为欣喜的是，作为文学同道，我知道这本书对于黄茵的意义——它标志着一个作家更新、成长和前行的努力。是人生的偶然还是历史的必然？由于这些旧照，使黄茵开始面对大世界。她由此而走向历史、走向前辈的心灵、走向大时代的风云。

翻开这本书，只要看看"附录"里对每张照片辨识过程的记录，就不难看出黄茵在这几年间都做了些什么。黄谷柳所摄照片中人大多已经作古，黄茵在幸存的老人们和他们的子孙中间穿梭，或者唤醒亲历者对半个世纪以前一段生活的记忆，或者搜寻晚辈回忆先人的吉光片羽。这实在是一件艰难而悲壮的工作。有的人认出了他们的同伴或战友，甚至还有人找回了他们交给黄谷柳的战地日记，年逾古稀的他们借助这些照片回到了战火纷飞的年代，有的还找回了暌违多年的战友；有的人辨认出了照片上的战友或朋友，却因为年事过高，无论如何也想不起他们的名字；更有一些人刚刚接受完访问，就撒手西去。辨识照片的过程，实际上成了50多年前中国文人和中国军人一段佳话的寻访，成为当年的军人和文人的后代们追思激情年代、感慨先人业绩的线索……经过历时三年的查找探访，编选撰写，黄茵终于用黄谷柳的摄影和她的探访故事，再现了朝鲜战场上中国文人和中国军人的身影，抒写了她对时代、社会、前人和人生的全新感悟。因为黄茵的发现和整理，有那么多活跃于朝鲜战场上的作家身影重新走到我们的面前。

因此，这本书——《1951–1953，中国的文人与中国的军人》，对于当代中国文学史来说，具有不可或缺的文献价值，对于黄茵，或许更是一次弥足珍贵的心灵洗礼和情感升华，而对于文学界同人以及广大读者来说，从中应可感受中国知识分子"感时忧国"伟大传统，又可发现中国年轻的作家们不断进步的足迹吧。

是为序。

2007 年 9 月 9 日

1951 1953

中国的军人与

中国的文人

中国的军人

巴金与他的战友们在朝鲜前线

第 一 部 分：
我 们 来 了

1951 年 1 月，中国人民保卫世界和平反对美国侵略委员会发出通知，决定组织中国人民赴朝鲜慰问团，慰问在朝鲜前线的中国人民志愿军和朝鲜人民军及朝鲜人民。廖承志任中国人民赴朝鲜慰问团总团长，陈沂、田汉任副总团长。总团下设 8 个分团，由来自各界代表共计 575 人组成。4 月初抵达朝鲜，将 1093 面锦旗、420 余万元慰问金、2000 余箱慰问品以及 1.5 万余封充满深情的慰问信，送给了中国人民志愿军、朝鲜人民军和朝鲜人民。慰问期间，因遭遇敌机扫射，廖亨禄、常宝坤、程树堂等 3 位团员不幸牺牲。5 月 29 日慰问团回到北京。

——引自《抗美援朝大事记》

1951 年，北京。

廖承志[1]（右起第二人）与第一届访朝慰问团成员在天坛公园合影留念。

长篇小说《虾球传》的作者黄谷柳不仅是一个深具平民色彩的、深谙讲故事之道的作家，同时也是一个出色的战地摄影师和记者，早在抗战初期，他躲在南京城边一个农妇家的地窖里，逃过了日本人对南京的大屠杀，并在第一时间向外界报道了日本人对南京屠城的消息，是最早报道这一消息的新闻记者之一。

1951 年，黄谷柳以南方日报记者的身份参加第一届中国人民赴朝鲜慰问团，随第四分团活动，入朝一个月，走遍战区，他用徕卡相机记录下代表们在朝鲜战地慰问志愿军将士和朝鲜百姓的点点滴滴。回国以后，慰问团的文化组成员们由副团长田汉带队，在大连集中学习一个多月，创作他们的赴朝采访作品，这一活动也被黄谷柳拍摄了下来，成为珍贵的历史见证。

1951年，第一届中国人民赴朝慰问团成员，前排左起第二人作家白朗。

次年3月，白朗又参加了巴金率团的中国文学艺

术家赴朝慰问团，再度亲临抗美援朝前线。

1951 年，北京。第一届中国人民赴朝慰问团成员出发前在鲁迅故居合影。名字待考。

黄谷柳（右）与慰问团成员合影，1951 年。

1951年3月8日，北京。张光年[2]（左起第四人）、《救亡进行曲》作曲家孙慎[3]（后排右起第一人），余人名字待考。

　　黄谷柳在他这一天的日记中写道："上午9时到电影局见岳野、季华、王逸和蔡楚生，中午到文化部戏音科见李超、孙慎等漫谈北京戏剧活动概况。"

第一届中国人民赴朝慰问团车到安东（今丹东）。

第一届中国人民赴朝慰问团的成员们在开往鸭绿江边的汽车上。

1951 年 4 月 6 日，黄谷柳在他这一天的日记中写道："6 日晨车到安东。"

　　1951年4月6日，黄谷柳在他这一天的日记中写道："6日晨车到安东。这是一个兵车辚辚的美丽的城市。是辽东省的省会，过去人口三十万，现已减至十八万。"

第一届中国人民赴朝慰问团总团团长廖承志（前排左起第三人）。

谷柳与慰问团成员在安东市政府大楼前合影。

第一届中国人民赴朝慰问团总团副团长、总政文化部部长陈沂[4]（左起第二人），第七分团代表、
东北女作家草明（左起第三人）。

慰问团成员入朝前夕的漫步。

　　7日晨，黄谷柳到鸭绿江边一家小店去吃牛奶油条，老板娘正在
向他说去年美帝北侵时她疏散到乡下的经过。

　　9点差10分，警报响了，老板娘说，敌机天天北飞，天天警报，
可没在安东丢下过炸弹，话刚说完，敌机已到头上俯冲投弹，落弹
的冲击波把玻璃大门都震开了。接着他们又听见机枪声。

　　黄谷柳在他这一天的日记中写道："我们伏在墙角下，在敌机
再冲下时张开嘴。空战发生了，我们的银色喷气机追击着敌机，机
声远去之后，发现正对面的屋脊顶上给扫中，打落了几十块瓦片。
回到旅舍，知道安东三马路、江边、江上都落了不少重磅炸弹，据
公安局初步调查，死伤在百人以上，这是敌人第一次在安东的投弹。

　　"8日、9日两天上午，到镇江山上避敌机，9日上午11时，进
入朝鲜国境。"

下午 2 时半，38 军直属机关在松林中召开欢迎会，第四分团团长郑绍文（侧立、正在脱军大衣者）代表慰问团致词，他向志愿军同志们报告国内建设及抗美援朝运动状况，慰问团曲艺队及 38 军文工团分别表演文娱节目。

1951 年 4 月 14 日，肃川。下午 1 时，慰问团第四分团的代表们访问从四次战役下来休整的 38 军。

会餐时，江拥辉副军长和吕部长向代表们劝酒。江拥辉说："麦克阿瑟的下台，美帝公开声明的理由是越权谈话自作主张，其实这是烟幕作用，他可能是在军事上犯了错误才被迫下台的。"

松林欢迎会上，时任 38 军副军长的江拥辉[5]。

江拥辉身上穿的并非中国人民解放军的军服，它的领子与袖头上各有一道红线，这是1950 年 38 军入朝时，为了不走漏消息而特制的仿朝鲜人民军样式的军服，团以上干部都穿这种军衣。

此时，解放军入朝作战的消息已经公开，38 军恢复原装束，但江拥辉仍穿着去年入朝时发的伪装军衣。

时任 38 军宣传部部长的柴川若。

时任 38 军政治部副部长的王树君。

4 月 15 日，早餐后，38 军首长向慰问团代表们作了详细的军事、政治报告，把他们对敌作战的经验教训做了初步的总结。

午餐后，党支部大会讨论了代表下师的分工及工作进程，把第四分团分成四个组，分别到军直属及各师工作。孙以恕（北京市总工会）、文路（女，西南民主妇女联合会）、魏希英（女，河北省民主妇女联合会）、苏军（中国人民抗美援朝总会绥远省分会）和黄谷柳编在一组。下午 6 时，各组分头出发。

晚上 8 时，他们到了肃川 112 师驻地。

作报告者，时任 112 师政委李际泰。

4月16日，孙以恕、文路、魏希英、苏军和黄谷柳在112师336团与战斗英雄们开座谈会，参加者闻凯、张国礼、马文山、刘和瑞、董国治、王世昌、胡治敏、丁长仟、邱玉科、苗树清等。

336 团三连班长苗树清在山坡上接受采访。

画面最前方正面者王世昌，他身后左边侧立举一手臂者苗树清[6]，右后方在女代表左侧站立者闻凯。

闻凯，336团五连班长。首批入朝作战，至1951年10月已荣记战斗两大功、工作一大功，获"军功章"一枚。

　　一次新兴洞的战役中，他带领全班摸到敌后，自己抱着机枪一阵猛射，又指挥全班扔了一顿手榴弹打乱了敌人，俘敌40多名。在江南草下里南山守备战中，他守在阵地最前沿，敌人火力压得他抬不起头来，他便爬到侧面去观察，待敌人冲到跟前，他就扔手榴弹，一个人连续击退敌人数次反击。他的弹药用完了，他冒着炮火爬到别的工事去找弹药，继续战斗，打死了敌人的指挥官，一直坚守在阵地上。

4月19日，上午10时半，112师直属部门召开欢迎会，孙以恕致词，文路补充。师直后勤、卫生、运输、供给、民工各单位都有代表参加。会后又开了代表座谈会，他们会到了一群后勤战线上的英模。

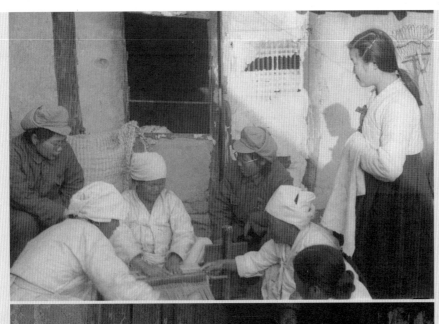

这种军棉衣只发给过首批入朝作战的部队，战士服上面没有口袋，干部服上面有俩口袋。

　　四次战役下来，这种被38军战士们戏称为"地垄沟"[7]的军衣，已是飞絮片片。

战士们穿着在二次战役中缴获的美军军服（右起三位），大伙们都说，很像个大首长的样子。

4月20日，黄谷柳、孙以恕、文路、魏希英、苏军到334团，他们会到了刘政委，还有东北文联的井岩盾，彼此交换了入朝的见闻和体会。

缴获的美军军服，穿在我们战士的身上，还有些显大[8]。

右起岳元德、赵长海、潘天炎。

4月21日上午，代表们约334团英模战士开座谈会，参加战士有李家华、岳元德、吴柏彦、贾林东、潘天炎。

334团机炮二连战士岳元德，是军中著名的重机枪射手。

　　在一次战斗中，他用机枪打倒冲向阵地的40多个敌人，子弹打光了他就甩手榴弹，最后手榴弹也打完了，他把机枪架子摔出去，又打倒了一个冲入阵地的敌人。

　　此时的岳元德，已荣记战斗两大功、工作一大功，获"军功章"一枚。

坐在朝鲜老大爷和小孩子之间的潘天炎[9]。

1950 年 12 月 30 日，九班七名战士守鼎盖山前沿的两个山头。副班长和潘天炎担任防御，在打退敌人第一次进攻时，副班长负了伤，正面只剩下潘天炎一个人，他把六个手榴弹捆在一起，盖上棉帽，用一截电线牵着弹弦，他隐蔽到大石后面，敌人第二次攻击爬上山头，见有顶军帽便围了过来，潘天炎猛地拉动电线，"轰"的一声炸翻了十几个敌人。

连长命令七班撤回主阵地，小潘正在解大便没听见，待大便解完，阵地上只剩下他一个人，敌人又冲上来了，小潘一边投弹一边射击，硬是将敌人打下去，敌人又炮轰了，炮击后小潘回到掩体，发现山头四周都是敌人，他无法回到主阵地，便留在山头上打算和敌人拼命。

炮轰刚停，六个敌人摸上阵地，小潘大喊"敌人来了，手榴弹！"随即抛出两个手榴弹，趁敌人卧倒低头时，他跳出工事绕到侧后，敌人正盲目向阵地射击时，两颗手榴弹从背后飞来，六个敌人全部报销。

敌人增大兵力，小潘把 30 多颗手榴弹拉出弦，摆在防炮洞口，等敌人临近，他一口气投完手榴弹，又搬石头往下砸，一个鸭嘴手榴弹落在身边，他一脚踢还给敌人，他被敌人包围了，危急之际，一阵猛烈的机枪打散了美国兵，主峰上的战友赶来接应，潘天炎化险为夷，毫发无损地回到战友们中间。

——引自《统领万岁军——梁兴初将军的戎马生涯》

4 月 23 日，他们到 335 团，会到了文化教员戴笃伯，战士阚万全、牛高武、邹品红⋯⋯

邹品红，335团二连炊事员，首批入朝作战的炊事兵，至1951年10月他已荣记战斗两大功、工作一大功，获"军功章"一枚。

邹品红年纪大、身体弱，又有咳嗽病，但他入朝以来大锅不离肩，比谁都挑得多。上悦美守备战中，他带领同志们攀着树枝上高山，把饭送到阵地上，接着他又下山去打水，给同志们解渴。送完饭回来时，他不是背着伤员，就是抬着担架，一直把伤员送到绑带所。

这一天，黄谷柳为春耕的朝鲜老百姓拍了照片。

38 军文工团演员：左起汤仲敏、古力、孟宪茹、刘杰、朱启。

1951 年 38 军北上休整时，军文工团给慰问团表
演他们自编自导的小歌剧《三个战士》[10]。

高凤山、曹宝禄演出单弦说唱。

4 月 25 日,38 军军部召开欢送会,文工团演出《飞
虎山上》、《修公路》两出独幕歌剧, 慰问团高凤山、
曹宝禄演出单弦说唱《青年英雄潘天炎》。

曹宝禄[11] 时任北京说唱团团长，他给志愿军战士和朝鲜百姓演唱自己编写的单弦《青年英雄潘天炎》。

《青年英雄潘天炎》歌词：

志愿军英雄部队

二营六连

有位青年战士

姓潘叫天炎

今年一十八岁

是个共青团员

他一个人在四次战役

英雄守备鼎山巅

打退敌人九次冲锋

鬼子兵胆战心寒

顽强守备立了两大功

军功章佩带在胸前……

4月29日，中午。黄谷柳和文路等人到了高炮团。

晚上7时开代表会，三人都讲了话。敌机整夜嗡嗡扰人。

黄谷柳在他这天的日记中写道："团首长们很风趣，战士们文化程度相当高，创造了许多军中的文娱活动形式。他们还在阵地上种蔬菜，紧张中透着悠闲，对胜利充满信心。"

5月4日,他们翻过小山,会到了廖承志等同志们,小别重叙，倍感亲切。

上午敌机扫射，廖承志的警卫员伤臀部，即日送回国内医治。

下午5时，黄谷柳送白朗[12]上车回国，出席国际妇联会议。

5月9日，廖承志向第四分团的战友们讲述他访问安州郡当局的经过。

　　下午6时，发车仪式相当隆重。代表们登车回国，经过遍布瓦砾弹坑的安州，渡过清川桥、大宁桥，再经定州、宣川、杨市……午夜时分，汽车驶过鸭绿江铁桥，安抵国境安东市，一个整月的朝鲜旅程，至此结束。

前排左起第一人邓友梅、第三人颜一烟、第四人逯斐、第五人草明、第六人安娥（田汉的夫人）、第七人黄药眠（中国民主同盟）、第八人总团直属分团秘书长田间（中华全国文学艺术界联合会）；后排右起第一人路翎、第二人严辰、第五人杜矢甲；后排左起第二人魏遵贤。

　　1951年初夏，第一届赴朝慰问团中的文化组成员由田汉带队，与东北的作家代表一起汇集大连，用一个多月时间，创作他们赴朝归来的作品。正是在此时此地，海默写出了《突破临津江》,路翎写出了《洼地上的战役》[13]。

右起：邓友梅、黄谷柳、杜矢甲。

同一日、同一地点，田汉与安娥[14]。

时任38军军长梁兴初[15]（正面者）与田汉（左立者）。

左起黄谷柳、张桂（军队作家，《三月雨》作者）、严辰（诗人）[16]。

第一届赴朝慰问团中的女同志，前排左起第二人浦熙修（中国人民抗美援朝总会），第三人白朗（东北作家协会），前排右起第一人草明[17]。

1953
中国的军人与中国的文人
中国的军人与中国的文人
巴金与他的战友们在朝鲜前线

第 二 部 分：
1952-1953，战火中
的巴金与他的战友

1952年3月15日，巴金率领中国文学艺术家赴朝慰问团抵达安东，慰问团17人：巴金、葛洛、古元、白朗、王希坚、黄谷柳、李蕤、罗工柳、辛莽、菡子、逯斐、寒风、西虹、高虹、西野、王莘、伊明。

他们在安东宿一夜，16日下午2时12分过鸭绿江，行车14小时，宿于香枫山麓。

这一回，黄谷柳是以作家的身份参加慰问团，他与巴金编在一个行动小组，一起深入前线采访志愿军将士，在访问结束以后，他和巴金都没有离开前线，而是选择继续留在最可爱的人们中间，见证这场伟大的保家卫国之战，直至1953年停火协定签约以后，黄谷柳才随撤军的车队回到祖国。

在朝鲜战场，为了祖国、为了人民、为了和平，他们像军人一样不怕牺牲、不避艰险，黄谷柳的镜头和笔，为中国的文化人在这场战争中的表现，为中国的军人们在这场战争中的坚毅的身影和面容，留下了一批珍贵的历史记录。

黄谷柳与王莘[18]（左立者）在香枫山普光寺畅谈入朝志愿和计划，相约一个写歌词、一个谱曲。

　　3月28日，巴金与谷柳采访"万里号"驾驶员
周光远[19]，他原是112师宣传队的通讯员，入朝一
年变成熟练司机，安全行驶3万公里，没出过事故。

3 月 28 日上午 10 时，谷柳、王莘（画面前方右下角戴眼镜者）等人在平壤郊区看朝鲜人赶集。

菡子（弯腰侧立者）在市场上。

菡子与朝鲜女英雄崔淑浪。

3月29日上午10时，代表团参观盛奥金矿，该矿超额完成了生产任务180%，得到国家的奖励，朝鲜女英雄崔淑浪是该矿的女工，她现在要去学校学习了。

3 月 29 日，菡子与逯斐访问朝鲜学校，与女学生合影留念。

3月31日下午4时20分启程赴平壤中国大使馆，中途小吉普翻车，全队人挤在一台嘎司车上，午夜11时到达大使馆。朝鲜文学艺术家同盟负责人李泰俊、林和、李灿等在大使馆迎接，大使馆一等秘书王××接待下榻会客室。

中国作家代表团和朝鲜文艺工作者初次会面，相互介绍后，李泰俊起立致词，欢迎中国作家的来临，诚恳真挚，巴金代表大家答谢。

2004年5月，当年慰问团中的军旅画家高虹[20]收到黄茵寄去的朝鲜照片，他在回信中写道：

"看过你写的《朝鲜战地的巴金》一文和文中五幅珍贵的历史照片十分高兴，半个多世纪前我们去朝鲜前线那段生活又重现眼前，你外公黄谷柳同志性格爽朗，为人谦和热情。我们那次同行时间不算长，他和大家都处得很亲切，给我留下很深的印象。当时我带了一台苏联基辅相机，初学照相，苦于难掌握恰当的光圈和快门配合，谷柳同志说他有一个手抄的摄影曝光表，上边关于各种情形的曝光都有确切的规定。就在住志政招待所时，我抓紧空隙时间借来他那份曝光表照抄下一份，后来照相前拿出来看看，效果很好。多年来，他欢快的音容时常出现在我的记忆里……"

高虹先生纠正了黄茵对图片的一些注解，他还告诉她怎么跟张文苑先生联系——当年，正是志政的张文苑陪同巴金和谷柳到前线去，在巴金与五个军人的合照上，右边第一位就是张文苑。

5月15日，高虹先生给黄茵回了第二封信，他把黄茵寄去的访朝代表团的合照描下轮廓，编号加注，寄回给她：

"1.辛莽（画家）、2.葛洛（作家，代表团副团长）、3.白朗（女作家）、4.菡子（女作家）、5.李泰俊（作家，朝鲜文学艺术家同盟副委员长）、6.巴金（中国文学艺术代表团团长）、7.逯斐（女作家）、8.王莘（音乐家）、9.黄谷柳（作家）、10.西野（画家）、11.高虹（画家）、12.李蕤（作家）、13.寒风（作家）、14.罗工柳（画家）、15.西虹（作家）。

拍照时刚从会议室走出来，人还未到齐，古元、王希坚、伊明三位同志还未来，所以照片上没有他们三位。

平壤中国大使馆门前。"

左起李蕤、逯斐、巴金、葛洛、王希坚。在平壤郊区中国大使馆门前。

代表们在平壤郊区中国大使馆门前合影，前排左起第一人菡子、第四人王莘、第五人巴金、第六人白朗；后排左起第一人辛莽、第二人李蕤。

入朝前代表们领到簇新的军服，菡子与逯斐在平壤中国大使馆外合影，她俩穿的军棉衣和黄马靴，是志愿军团以上干部的穿着。

巴金（右边侧立者）与朝鲜作家。

4月2日，代表团访平壤的第一日。

李泰俊陪同代表团参观纺织厂，女厂长金奉模是一位很有教养的领导人，戴眼镜，一副深思熟虑的表情。

4月4日上午，代表团走访平壤市灾区，参观牡丹峰历史文物馆。

谷柳（后排右一）与巴金（前排左三）、葛洛等人在平壤牡丹峰合影，前排女兵为志愿军 19
兵团归国代表张慰民[21]。

代表们在大同街文学艺术同盟被炸会址的废墟上合影。
1951年8月14日，赵基天等11位文艺工作者在此蒙难。

4 月 5 日，代表团访问朝鲜人民军第四军。

代表们与朴军长及该军战斗英雄座谈。下午 5 时，敌机六架来炸平郊公路。

李蕤（右一）、王莘（后左一）在观看第四军的墙报。

巴金与谷柳在来凤庄拍照留影。

1952年4月12日下午6时，巴金与黄谷柳等人乘车南行，晚上10时越过"三八线"抵开城，宿于高丽洞。

4月13日晨，巴金起床洗脸后去散步，路遇黄谷柳、李蕤、西虹，准备一起去吃早饭，撞上驻守在开城的65军军长兼政委王道邦，他前来找他们介绍开城的情况。早饭后，巴金和谷柳一同去王政委处，王政委领他们去看第一次和平谈判的地点——来凤庄。那是一座日本式的庄院，从林荫道中穿过，拾级登上小土墩便看见会谈的旧址，有年轻的朝鲜人民军战士在守卫。

谷柳也给巴金和王道邦政委（左立者）拍了一张合影。

65 军军长、政委王道邦在烈士墓前。

随后，王政委和巴金、谷柳一起去子南山谒姚庆祥烈士墓。

墓碑是 1951 年 4 月 5 日由朝鲜人民军、中国人民志愿军谈判代表团敬立的。碑后有姚烈士的简史。

1951 年 8 月 19 日，执行军事警察任务的志愿军某部排长姚庆祥，率领一个班在中立区板门店附近巡逻，被预先设伏的美国和南朝鲜军队突然袭击，姚庆祥中弹身亡，战士王仁元身负重伤。

1952 年 4 月 15 日上午 9 时 20 分，巴金与谷柳等人分乘三辆小吉普，直奔板门店谈判地点。

谷柳在这一天的日记中写道："公路很宽阔，沿路每一百米就站有我志愿军的哨兵，精神矍铄地向我们致敬。公路旁，朝鲜老乡在春耕，志愿军在保护着他们的安全。'和平'这两个字的意义，没有谁比他们体会得更深刻了。"

巴金他们车行 20 分钟，便看见板门店方向上空飞着三架直升飞机，这是敌人的谈判代表的座机。

5 分钟之后，中方谈判代表的汽车到达板门店，停在帐篷的北面公路边，一大群双方的记者和工作人员已经在门口守候多时了。

10 时差 10 分，我们的代表到达会场，进入休息帐篷。10 时正，敌我双方谈判代表进入第三项议程帐篷，会议开了 40 秒钟便结束，敌方代表乘直升飞机回釜山，我方代表回开城。

　　巴金与谷柳等人进帐篷参观，保卫部胡副部长解说会场的设备。他说，双方协定开城是中立区，范围为直径六公里的圆周，开城至板门店公路两侧两百米为中立界，板门店的中立区一千米，会场帐篷是我方设置的，作为标志的气球和探射灯是敌方设置的。板门店一共四个帐篷，两个是会议用的，两个是双方的休息室，第三项议程帐篷内设有长方形大桌一张，每边座椅五张，在桌面的蓝呢子桌布上平置小旗两面，一面是"联合国"旗，一面是朝鲜民主主义人民共和国国旗，长桌的两边，是双方翻译人员和参谋人员的座位，帐篷顶吊有电灯多盏，休会后，电灯还放射着亮光。

　　谷柳在这里看见了英国工人日报记者阿兰·魏灵顿，法国今晚报记者贝却敌和大公报记者朱启年。

1952 年 4 月 16 日，巴金、谷柳参加 19 兵团李希庚政委召集的政治工作会议，听他讲"三反运动"的总结和"三高一评运动"的方针、办法和步骤。

同日，他们还参观了开城人民小学之一的某校，学生们活泼地在操场上列队行进。

同行代表给菡子、逯斐拍照留影。

砂川河交通壕里的欢迎标语。

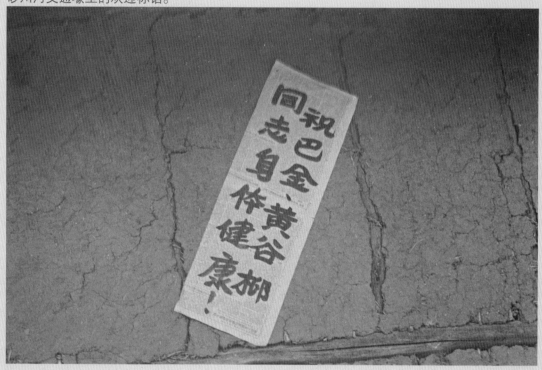

1952 年 4 月 17 日，巴金、谷柳去 193 师 581 团阵
地上参观工事，看了交通壕、坦克陷阱、避弹室、绑扎所、
战防炮、山炮阵地、战士宿舍……

火线下的朝鲜孩子。

辛莽[22]在给马怡画素描。

　　1952 年 4 月 20 日，巴金、谷柳与张文苑[23]出发
去 195 师，在师部与李师长、杨政委、刘参谋长谈了
半天，了解该师部作战概况及军民关系。

　　谷柳给他们拍下一张合影：左起巴金、195 师副
师长曾绍东（后）、师长李金时（前）、政委杨银声（后）、
参谋长刘长仁（前）、19 兵团政治部文工团团长张文苑
（右）。

4月20日下午5时，巴金一行到达583团，团长齐金秉是一位不到三十岁的能干的指挥员，他介绍前沿敌我情况。他们准备第二天去看团指挥所的位置，在廖川里前面，地名叫"德物山"。

张文苑给他们拍下这张合影：左起谷柳、巴金、195师副师长曾绍东（后）、583团团长齐金秉。

4月21日上午9时,团长齐金秉领巴金、谷柳、张文苑登德物山,参观583团指挥所。

山顶向东北可俯览板门店上空的气球，东面不远就是敌骑一师的阵地，从望远镜看见汽车来往和哨兵活动，我侦察员把所见一切记录下来，每天上报。

左起第一人黄谷柳、第二人巴金、第四人田泽民（65军583团宣传股长）、第五人周树森（解放太原登城战斗英雄）。

4月23日，巴金、谷柳到了583团三营营部，在
100高地上，巴金、谷柳和张文苑住在一个洞里。巴
金在这一天的日记中写道："床铺像神龛。"

左起周树森、巴金、王焕（65 军宣传干事）。

巴金、谷柳与 583 团的士兵们合影。

10 个参加楸村战斗立了功的战斗英雄。

4月24日早上，巴金感冒未愈。吃了消炎片和小苏打各一粒。8时听583团许副团长谈去年楸村战斗经过。9时，10个参加楸村战斗立了功的战斗英雄来谈他们的事迹，至11点半。

巴金在这一天的日记中写道："黄谷柳送每人纪念章一个，并给他们照了相。"

谷柳在这一天的日记中写道："早饭后许团长来讲去年4月1日楸村战斗的经过。接着，曾参与这一战役的七、八两连战斗模范朴永锡、戴福江、李界明、杨万海、吴好良、刘世华、阮少钢、刘少坦、戴兆春、黄性东等10位来洞谈战斗经过。"

　　下午3时，许副团长领巴金、谷柳从交通壕走到九连前沿去看阵地，之后他们沿着交通壕走下山，越过公路，进入另一交通壕，走不远看见壕边竖一路标，写着"保卫世界和平之路由此进！"

　　谷柳在这一天的日记中感叹道："没有这一条'路'，板门店的帐篷便竖不起来。九连阵地是杀敌的战场，同时也是花园，每排每班洞子的门口，都经过艺术的加工，用朝鲜山上的野花扎成门楼，既防空又遮阴，连部洞口的对联写的是'古往今来侵略必败，日照月影胜利花开'。洞内，有穿壁卧坑三处，成品字形，小桌一张，上安电话，甬道两壁一边悬世界大地图，一边挂挂包、水壶、武器等。"

　　巴金和谷柳在这里会到了佛国山之役的功臣范尹洲、杨牛小、赵绍财和连指导员等。

4月25日，晚饭后，巴金、谷柳沿着交通壕到下边的重迫击炮连访问。

一连有重炮四门，1944年S式，45角度射程可达6400米，约合华里12里半，口径10.7。连长翟珍是1946年从侦察员改学炮兵的，入伍前是文盲，是部队教育成长的，在这里他自己制了石板，每天学数学。他手下的新战士有些是初中程度的，他不加油学习就怕自己赶不上。

连长对巴金他们的访问，开始感到惊讶，劈头就来了一句："你们来这儿干什么？"炮兵前沿阵地，每刻都有敌炮弹轰过来，他担心巴金他们的安全。

巴金在这一天的日记中写道："晨6时起，许副团长6点半来说要回团部开会。饭前敌人打了几炮，破片落在洞前不远处……晚饭后去重迫击炮连，见到连长翟珍，谈了一阵，他又引我们去参观各处。5时离开，把最后一个像章送给他。"

谷柳在这一天的日记中写道："连长不多说话，问了'祖国建设怎么样啦？'我们简略说明之后，他便用眼睛望着洞外的天际，'啊呀！可了不起。'一边惊叹，一边深思，停了半晌，他又说'祖国供应给我们一切吃的、用的，我们吃得胖胖的。'他告诉我们，有一个朝鲜少妇昨天从城里来前沿看她的双亲，不幸得很，她发现他们被敌炮击中，她的父母亲都死在炮火下，敌炮继续不断地轰击，一个哨兵把她叫到掩蔽部来躲避，每一天都有这样的受难者。"

1952年5月1日，早饭后，巴金和谷柳到开城运动场看开城市各界运动大会。

每一个角落，从足球、篮球、排球、田径、民族舞蹈、小学生体操、妇女时装表演、荡秋千，以及军队和学生的拉拉队，朝鲜人民的性格、气质，在这个运动场中集中地表现出来了。

巴金认为这是他入朝以来参加的最大、最热闹的会。

5月2日12时，黄谷柳到军防疫办公室看细菌昆虫，他详细记录了敌机空投苍蝇毒虫的经过，并拍下军医用显微镜分析毒虫标本的照片。

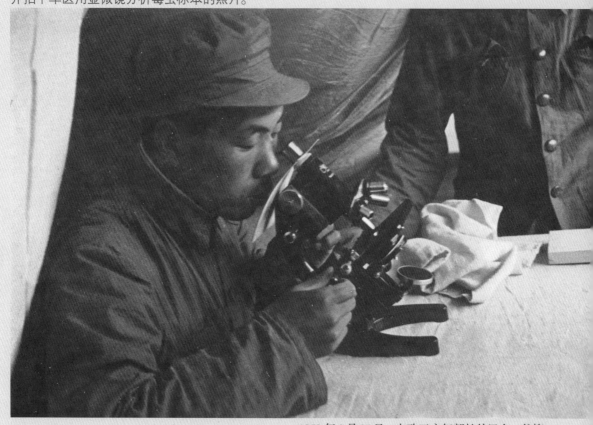

1952年3月27日，志政王永年部长约巴金、谷柳等人谈话，向他们提出三点要求：一、细致地深入体验生活，从平凡的事件中看出最高的意义；二、从为部队服务的具体工作中去了解战士与干部；三、回头经过志政，写出一个电影剧本。

当天下午4时，巴金、葛洛、白朗、王莘、李蕤去看细菌标本。

3月29日早上，巴金到香枫寺写抗议敌人搞细菌战的文章，至中午1时写完，他把文章交给宋之的。宋之的和廖承志对文章修改了两处，巴金代表全体慰问团成员签发了抗议细菌战的宣言。

黄谷柳在军防疫办公室做的笔录。

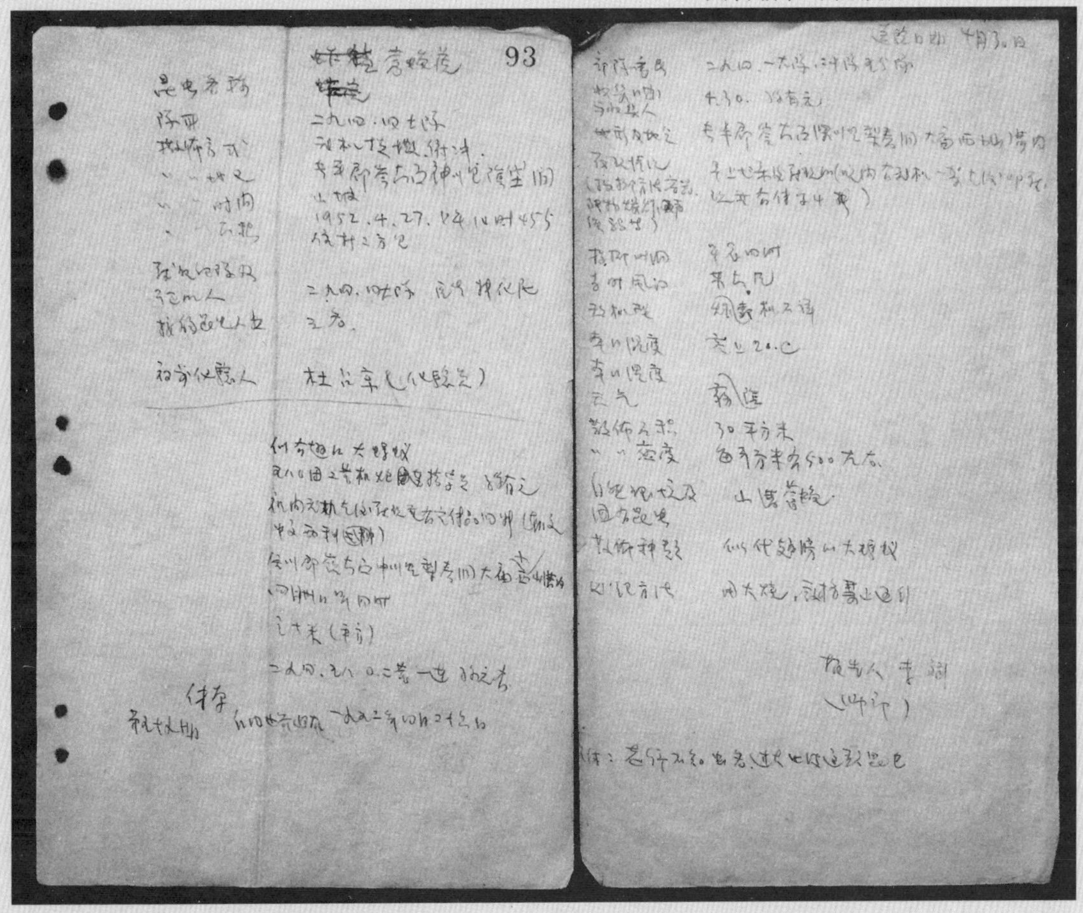

军防疫办公室里不但有美军飞机撒下的蝇虫标本，还有美军撒下的《自由世界周报》，上面写着"惨哉，中国士兵们！"

一个志愿军战士在它旁边聚精会神地看书。

一直在朝鲜前线采访的记者魏巍。当年他挥笔写下的战地通讯《谁是最可爱的人》，感动了数代中国人。

巴金、谷柳与通讯连合影。前排左四为谷柳，左五为巴金，左六为 193 师宣传干事王焕，左七为志政干事张文苑。

1952 年 5 月 8 日上午 10 时，巴金、谷柳以及陪同他们的志政干事张文苑，访问 193 师，见到政委及郑三生师长、主任等。郑三生师长介绍说，他们这个师群众工作有优良传统，以通讯连做得最好，被称为"爱民模范连"。

5 月 9 日上午，巴金和谷柳一起搬到通讯连来住，彻底体验"爱民模范连"的战地生活。

通讯连共四个排，一排包括骑兵、大车、对空联络，二排是通讯，三排是通讯及总机，四排是管理排，全连 163 人。

五个月以来，通讯连在郭连长、王指导员的领导下，住在上城里、烟霞里、大国洞，这是一个穷人村，过去村民靠铁路为生，现在以耕作打柴生活，战士帮助他们打柴、耕地、修房，度过了去年的冬荒，又帮助他们种了春麦、下粪等。上月他们调防，居民含泪相送又带泪跳舞表示慰劳，战士很受感动。部队移到新驻地后，老乡还经常来探望，老大娘说，一看见门口的庄稼长了，就想起志愿军战士，因为这是战士们亲手种的。

10 天后，巴金开始写他的战地采访札记《通讯连》，在通讯连蹲点一个月，巴金断断续续地写了 18 天。6 月 6 日，巴金把修改和抄写完毕的《通讯连》交给 193 师的贺政委，请他先看一遍。

5月15日，巴金和谷柳访问大国洞。通讯连连长、指导员、革委会组长及联络员同行。

车到大国洞，刚停车，金老大娘就飞奔出来迎接，热情奔放得像一把火。到了她家，她抢着给巴金脱鞋，请巴金上炕坐，大家在炕上坐定，主人端出小圆桌，请大家吃点心，还打了酒，按照朝鲜的规矩，要他们喝酒。巴金和谷柳都讲了话，表示慰问之意。

通讯连一个战士送信路过大国洞看看老大娘，人们把这个战士围起来，小孩投到他怀里，老大娘替他揩汗，真挚的感情流露出来。土城区民主宣传室室长韩同志感谢通讯连同志把一个落后的村庄改造成为一个先进的村庄。

喝完酒，主人便唱起歌来，宣传科科长王焕同志也唱了。

巴金等人坐了两个多钟头才尽欢而散。告别时握手相送，老大娘眼红红地又想哭了。

陈枢和罗球在看顺宁中学初一学生陈兆康的慰问信。

5月16日上午8时40分，巴金、谷柳到礼成江、北汉江、临津江三江汇口处前沿看阵地。

谷柳在579团三营机炮连阵地上会见了一排二班的战士覃以绪（广西平南）、陈枢（新奥五区内洞）、罗球（四会威井）、莫以新（怀集）、田九（广宁淡布乡）、王存牛（宁夏）、杨华斌（合川）等同志。

巴金、谷柳与志愿军干部合影[24]。

　　5月18日，193师师长、政委、参谋长到政治部
来，给巴金、谷柳送行，这几位首长都是文艺爱好者，
郑三生师长是长征老干部，他爱读《恐惧与无畏》、《日
日夜夜》、《真正的人》等苏联文艺作品，他对我国小
说尤其是写部队生活的小说不谈爱情，大为不满。他说，
难道军人就不懂得爱吗？政委贺明说，群众脑筋落后，
你写爱情他们不批准。参谋长李力说，这现象就快过
去了。

193 师宣传队给战士们演出民族舞。

巴金、谷柳、王莘、张文苑与193师宣传队合影，前左一王莘，中间站立者谷柳，旁边被遮半身及脸者为巴金。

5月24日，巴金、谷柳、王莘去583团三营八连，拍电影的人来拍纪录片：王莘指挥战士唱《歌唱祖国》[25]。

巴金在 1952 年 5 月 24 日的日记中写道："拍王莘同志指挥战士唱《歌唱祖国》时，我在洞内写日记。五点前冒着炮火回到团部，翻山时看见被炮弹击毁的三间房屋，增加对敌人的憎恨。"

郭忠田[26]与朝鲜孩子。

8月12日，一级战斗英雄郭忠田到65军作报告，讲述他参加世界和平联欢会及旅苏经过。晚饭后，谷柳和郭忠田乘小吉普访开城市博物馆、姚庆祥墓和来凤庄。

谷柳与朝鲜小孩子。

他们一起在马路边和朝鲜小孩子跳舞唱歌。

黄谷柳 1952 年赴朝日记中的巴金题字。

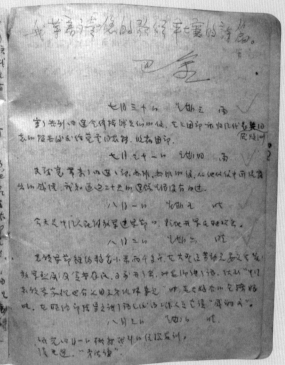

1952 年 6 月末，巴金、李蕤前往 189 师深入生活。谷柳到 195 师 583 团一营四连任职教导员一个月。四连驻在小山沟的凹部，任务是支援六连，反击敌人。

7 月 30 日，谷柳回到 583 团部。

8 月 7 日，谷柳骑马回 65 军军部。

8 月 14 日晚上 10 时，巴金从 63 军回来，刚到军部住下，就看见谷柳了，两人见面，颇觉亲切。

1977年1月，谷柳在广州病逝，他的女婿黄力在老丈人的遗物中发现了巴金在朝鲜战场的一些照片，他很激动，当即晒出一张给巴老寄去。巴金不久就回了信，信中写道："黄力同志：信收到，照片也收到了。谢谢您告诉我谷柳同志的消息，看到照片，我想起二十五年前和他在朝鲜过的一段生活，他的面貌仿佛还在我的眼前。愿他安息！

　　"我这里还保留了一些在朝鲜生活的照片，但在这次运动中也散失了一些。您寄来的这一张我要好好地保存起来。再一次谢谢您。广州同志过去顶'四人帮'顶得很好！希望您在工作中、在斗争中取得更大的胜利。

　　别的话以后再谈。

　　祝

　　好！

　　　　巴金

　　一九七八年七月十四日"

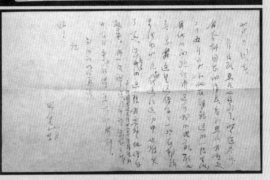

照片中梳长辫子的小女兵，张振川说她是"小痕"，张莹珊说她是"博痕秀"[27]。

1952 年 9 月 15 日上午 6 时，黄谷柳到达他期盼已久的 38 军。

281.2 山峰上的硝烟。

10月6日正午，早已到339团体验火线生活的黄谷柳，与113师宣传队队长张仲加[28]登上646.2高地观战，他们在副军长江拥辉的观察所里，一直待到晚上8时才下山。黄谷柳在这一天的日记中写道："除了没看到步兵的行动外，一切近代化的火器发射都看了，从下午2时我炮兵开始射击，5时30分步兵开始进攻，6时37分到达281.2山峰，剧战一直进行到深夜。"

55年后，张仲加告诉黄谷柳的外孙女黄茵："你外公当时很激动,他不停地拍照,我很怀疑地问他:'天色这么暗,你真能拍到什么东西吗?'"

10 月 7 日正午，黄谷柳到花席洞野战医院访问伤员。

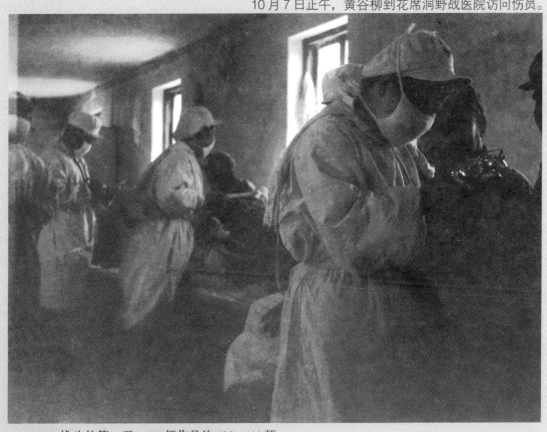

　　281.2 战斗的第一天，113 师伤员约 400，114 师
全部占领了 394.8 高地，敌人仍企图争夺。

10月8日，黄谷柳到烈士的临时坟地上凭吊，在 281.2 高地上，一只小猫从洞穴里窜出来晒太阳，黄谷柳把它轻轻抱起，请一位士兵给他拍下这张照片。

10月30日上午，黄谷柳与113师宣传队同志们摄影留念。前排右一为宣传队队长张仲加、右二为队员赵启明；后排右起队员高林、谷柳、队员张文—[29]、队员张永祥、队员张友松。

　　下午1时10分，8架敌机在对岸投弹8枚，相距300米，把纸窗都震破了，黄谷柳进防空洞内避了10分钟。

11月7日，黄谷柳参加281.2作战总结会议。

师首长作总结报告。

113 师宣传队队员杨昭彩[30]。

11 月 16 日，黄谷柳行军 40 里，到达 337 团，同行的有张文一、屈贵民[31]、杨昭彩、刘宏瑛[32]、老藤、葛群、董存立、刘明章。

113 师宣传队队员丁永玲（左）与杨昭荣，杨昭荣是杨昭彩的姐姐。

从 11 月 16 日到 24 日的九天当中，黄谷柳在 337 英雄部队各主要单位走了一趟。他在 24 日的日记中写道："来了就舍不得走开，每一个单位都很吸引人，跟指战员们相处在一起，感觉非常愉快。今天按原定计划要回师部去，有机会一定再来。"

113 师宣传队队员葛群，15 岁。

朝鲜姑娘小朴[33]。

38 军战斗英雄徐连才。

徐连才，337团三连 副排长，荣记战斗三大功、工作两大功，获"军功章"一枚。

在松下里战斗中，部队还未挖好工事，敌人便开始攻击，这时徐连才手持机枪，敌人从哪上来，枪口就对着哪，一连打退敌人四次进攻。夜间敌人又用炮火猛轰我军阵地，为了避免伤亡，徐连才率战士打起了游击战，转移阵地，从侧面打击进攻的敌人，把敌人打得乱成一团。部队奉命转移时，他一人负责掩护，机枪子弹打光了，他就用反坦克手雷打，反坦克手雷打光了，他就用炸药轰，仅一天的战斗他就击毙、打伤敌人六七十人。

守备西官厅时，大量敌人在飞机、坦克的掩护下向他们猛攻，火力空前猛烈，但徐连才指挥灵活、沉着应战，他亲自用机枪火力封锁敌人来路，大量杀伤来敌，固守了阵地。

在战斗中，他特别爱护战士，经常替伤员包扎，帮助战士们挖工事，在阵地上让战士们隐蔽，自己到最前沿警戒。战士们都称他为"智勇双全的模范指挥员"。

——摘自1951年军队内刊《抗美援朝英雄模范集》，38军政治部编印

38 军全军文艺会演，112 师宣传队在松林中歌唱[34]，指挥为刘洪涛，前右起：刘恩洪、徐萍、段会仁；中右起：王宝贤、海成久，后面拉小提琴者为李增奇。

12 月 1 日，黄谷柳到军部参加全军文艺会演，12 月 5 日，会场区被炸，黄谷柳脸部受了轻伤。

1952 年的最后一天，黄谷柳在他的日记中写道："夜宿老乡家，盖老乡棉被，炕暖得很。"

12 月 31 日，黄谷柳离山阳里，向龙兴里出发，白
天行车，113 师师长亲自驾驶，很稳重。

到目的地，他们会到 112 师首长们，首长请他们
一起过年。

上图：五号病室护士郝淑芝。下图：护士小肖和她的战友。

　　1953年2月2日－2月28日，黄谷柳因劳累过度得了肺炎，咯血不止，进了113师野战所调养，身体日渐恢复。

　　军、师首长及113师政治部同志们都派同志到野战所慰问，张仲加、杨干事、韦建禄、高处长、大杨、张文一及李政委也都来慰问，各病室战士们也来拉话，五号病室从没这样热闹过，护士郝淑芝、小肖都小心殷勤地护理，黄谷柳在他的日记中写道："可以说，这都是我的病能迅速好转的原因。"

1953 年 3 月 8 日，病愈归队的黄谷柳到了 112 师司令部。上甘岭某连长报告，回连队时，战士问他："你是谁？我不认识你。"

左边为黄谷柳，中间为 112 师一营营长谭作勤[35]。

1953 年 4 月 2 日，谷柳到汰香山阵地体验生活，住一营营部。他会见了营长、教导员、副教导员、参谋长及营部各同志。

黄谷柳在这一天的日记中写道：

"教导员很健谈，谈本营的历史，二连回国参加八一运动会跳舞的战士，和某校学生通讯，后来在 394.8 高地牺牲了，该校闻讯曾开追悼会纪念。现在各连战士和祖国人民通讯不断，给祖国人民很大的鼓舞。同时，战士们也受到鼓舞。

"营长很天真，家里为他说亲，他提出三个条件：一、师范生；二、身体健；三、党团员。家里说的对象正是师范生，其余条件还得培养，谈到这些时，营长很腼腆。

教导员说，'祖国'对我们不是空洞的，而是具体的。这话说得不错。副教导员说，汰香山这儿已集中了全国最出色的东西了，四川的榨菜、广东的黄花鱼、新疆的牛肉、天津的鸡蛋粉、东北的钢管水泥，还有祖国孩子们的亲切的信等等，这都是祖国人民的感情的表现。'要人，站起就走，要粮弹，马上送来。'真的，除了这些，还有什么更能具体体现'祖国'的呢？"

4月15日，文德郡人民委员长刘源道、党副委员长皮昌麟偕人民代表前来阵地献旗，师蔡副主任及团长、副团长均亲自参加。10时，举行汰香山守备部队宣誓授旗大会，政府代表献旗，人民代表献花。

第二部分：1952—1953，战火中的巴金与他的战友

部队授旗后把旗插在汰香山山顶上。

　　5月11日，下午2时30分，黄谷柳在温上里搭
113师的嘎斯车返回安东。

　　5月12日，凌晨2时，他到达联络站。

　　5月13日，黄谷柳与葛力群相约前去迎接从朝鲜
归来的伤病员。

　　10时正汽车队过江，环市巡行一周，接受市民欢
迎，然后送去五龙背第六医院。

抗美援朝战争中，黄谷柳荣立三等功一个，领"军功章"一枚。

回国后，黄谷柳一直在写他在朝鲜战场上酝酿的长篇小说《和平哨兵》，"文革"前夕，30万字的《和平哨兵》终于脱稿，却在红卫兵抄家前夕被他自己亲手烧毁。所幸黄谷柳拍摄的近500张朝鲜战地的胶片，还有他的日记、笔记、信件和他的自传，全都保存了下来。

半个世纪后，黄谷柳的外孙女黄茵从家里旧物中翻出了这批胶片，开始了她历时三年的追踪寻访，在当年参加过抗美援朝战争的老兵们的帮助下，黄茵把这批照片和黄谷柳的赴朝日记结合起来，并参照巴金的赴朝日记、38军政治部在1951年编印的对内刊物《抗美援朝英雄模范集》等等，编辑和重现了这一段珍贵无比的历史记录。

1951 1953

中国的军人与中国的文人

巴金与他的战友们在朝鲜前线

第 三 部 分：
注 释 以 及 后 记

王梦岩先生从书柜里翻出儿子替他在网上下载的第一届赴朝慰问团的名单，他在名单上仔细地寻找至今还活着的人。

[1] 廖承志（P008）

2007 年 6 月，我去北京找当年的在场者辨认手中新添的上百张黄谷柳拍自抗美援朝时期的照片，这距离我上两次为照片赴京调查又隔了两年。

张文苑先生当年是 19 兵团文工团团长，他被志愿军政治部指定陪同巴金上前线访问志愿军战士。2004 年我上京寻访照片知情者时，他帮助我指认了不少人，这一回也不例外。这批新的照片，第一个被张文苑认出来的人就是廖承志。

张文苑先生介绍我去找另一些知情者，王梦岩先生是其中的一个。时任 19 兵团文工团创作员的他被陈沂调到总政，作为工作人员派驻第一届中国人民赴朝慰问团，入朝一个月，王梦岩跟随总团直属分团活动。他第一个认出来的是时任总政文化部部长陈沂。

2007 年 6 月 21 日，王梦岩老人翻看着我手上的照片，他情不自禁地发出一声惊叹："哗，你有好几个廖承志！"

王梦岩老人说的是：你有好几张廖承志的照片。

[2] 张光年（P011）

第一个认出照片中左起第四人是张光年的，是人民日报社副刊部的李辉先生。那是 2004 年 10 月，我与成都日报社的记者包忠去拜访李辉，在人民日报社楼下的一个会客室里，李辉一眼就认出了照片上的张光年。

2007 年 7 月，邓友梅先生也指认了这张照片上的左起第四人是张光年。

[3] 孙慎（P011）

第一个认出照片中后排右起第一人是孙慎的，是张文苑先生。

张文苑很肯定地说："就是那个写《救亡进行曲》的孙慎。"

我家保存胶片的纸袋册子上有个目录，目录上有孙慎的名字，只不过我无法把每个纸袋里的胶片与目录对应，因为事隔半个世纪，胶片是否还保持在黄谷柳编目录时放置的地方，我一点把握都没有，但有了知情者的指认，我就有了把手中素材组织起来的线索。

虽然这只是辨认照片的第一步。

[4] 陈沂（P018）

最先认出照片中左起第二人是时任总政文化部部长、第一届中国人民赴朝慰问团副团长陈沂的，是王梦岩先生。

第二个认出陈沂的，是著名演员李维新，当年他是慰问团第四分团文工队的队员。2007年6月23日，在张文苑先生的家里，李维新说，当年是陈沂把他调往总政的，陈沂是他的老领导，也是他的恩师。李维新又说，陈沂最赏识他，每次下部队，陈沂都会对文工团的战士们说，你们要向李维新学习，他大角色能演，小角色也能演，全军表演他拿一等奖，就一句台词，就一句台词得了一等奖！

李老回忆起老首长陈沂的往事，大家都有些惆怅。

[5] 江拥辉（P021）

2007年6月，在北京天通苑李增琪先生的家里，李增奇和夫人刘宏瑛一眼就认出照片上的人是江拥辉，刘宏瑛还说，江拥辉是我们38军长得最帅的军首长。

1946年，李增奇12岁，他参加了东北民主联军一纵一师即38军112师宣传队。李增奇先生说，当年的军首长他无一不熟。

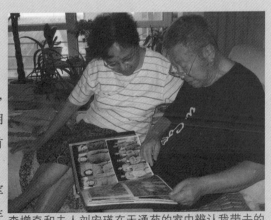

李增奇和夫人刘宏瑛在天通苑的家中辨认我带去的照片。

没有署名的两本战地日记。

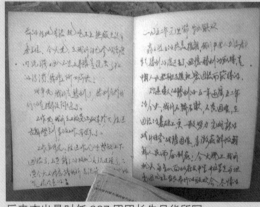
后来查出是时任 337 团团长朱月华所写。

[6] 王世昌、苗树清（P026）

黄谷柳遗物中有一本 38 军政治部在 1951 年编印的内部刊物——《抗美援朝英雄模范集》，上有王世昌、苗树清等功臣的正面照片，我将这本书与谷柳的赴朝日记、赴朝所摄照片相互对比查阅，获得了不少线索。

这本内刊，涉及另一个故事。

2003 年底，我打开那只蒙尘的纸箱时，除了黄谷柳的日记本和胶片册，我还看到了它——两本小小的日记本，笔迹一模一样，不是黄谷柳的笔迹，也没有署名，日期从 1951 年 10 月 26 日的金水洞开始，每天都有一篇，一直写到 1953 年 2 月 28 日的西海岸，整整17 个月，日记的主人事无巨细地记录着他在战场上的经历——我甚至觉得，他写得比我外公的战地日记还要好看。

我从翻阅中知道——日记主人的妻子叫"曼逸"，他的儿子叫"维平"。他这样写他对妻子的思念：

二月一日 星期日 气候 晴

　　头疼

夜寒影响了睡眠，

引起脑神经昼夜的疼。

梦寐之际，

常遇见曼逸，

这是久不得见，

致思念殷切。

我时不时就翻阅这两本来自朝鲜战场的无名氏的日记，在我调查老照片的初期，我请梁兴初的大儿子梁晓东和他的朋友王丹军吃饭，也向他们打听这两本无名氏日记的线索，他们说，死在朝鲜战场上的士兵多了去了，你为什么不只做你外祖父的传记呢？

我说，因为这个人的日记写得很具体——在他打仗的时候，他的儿子出生了，他给儿子起了一个名字叫"维平"。我说，如果日记主人是在战场上牺牲了，那他的妻子、儿子，还不知道他在战场上如何思念他们呢！因为这本日记，从战场上直接就到了我们家，一藏就藏了54年。

如果他的家人看到这两本日记，不知会怎样的怀念啊。

2004年9月，央视《电影传奇》的总导演杨树鹏看了我的邮件——我也把这两本日记转成电子文本了，我发给杨树鹏看——他说他熟知志愿军的所有战斗序列，看完日记后，他给我发来一段文字：

"朱月华 (1922–)，赣榆县欢墩镇朱孟村人。自幼进私塾学习，16岁当了塾师，教书不到一年，投奔八路军，成为二队二营机枪连战士。曾任班长、排长、连长、副营长、团参谋长等职，参加过锦州、四平、天津等著名战役。1949年9月调任338团副团长，1950年7月被任命为338团团长，参加中国人民志愿军，出色地完成了战斗任务，被授予朝鲜三级国旗勋章。1951年5月后，调任337团团长。1953年任师副参谋长，同年5月，任113师参谋长……"

杨树鹏说："日记主人也是在1953年年初调任师副参谋长的，应该是他。即便不是他，日记主人是志愿军337团的指挥员，则是肯定的了。"

事实果然如杨树鹏推测的一样，2004年11月，我在保定见到38军政治部党史办的李森生老人，我把两本日记的事跟他说了，我说，日记主人的妻子叫"曼逸"，儿子叫"维平"……我还没说完，李森生叫了起来：不用猜了，那就是朱月华，他还活着，就在你们广州！

李森生非常惊讶，他说，朱月华的日记，为什么会在你的手上？

我说，也许他把它送给谷柳了。我一直以为，它们是某个烈士的遗物。

李森生当即拨通了朱月华的电话，大笑着跟他说了这回事，我也跟老人聊了一会儿，我把他写的日记念给他听，不知道老人是不好意思承认，还是真的想不起来了——他笑嘻嘻地说，我写过这样的东西吗？我怎么可能写这样的东西呢？

2007年2月2日早上，我带着两本日记和一本《黄谷柳朝鲜战地写真》，去见朱月华老人。

出发前，我走到草坪上，阳光给岛上的草木洒上一层薄薄的金光，我把两本日记搁在冬天黄绿参差的草丛上，很仔细地用数码相机给它们从里到外拍了20多张照片。

说实话，我真想过是否只给老人这两本日记的复印件，我舍不得放弃它们，但我无法说服自己扣下它们不还——说到底，这两本战地日记，是朱月华先生写的，我们家不过是收藏了它们54年。

在广州军区总医院的老干病房里，我终于见到朱月华先生。

他的一只眼睛肿了，但精神不错，我把两本战地日记交到老人手上，在寒 暄几句之后，我问老人的第一

朱月华老人在看他自己的日记。

朱月华老人在看我带来的《黄谷柳朝鲜战地写真》。

2007年2月19日，广州军区总医院，左起黄茵、朱月华老将军、朱维平、朱爱平。

句话就是：

"您的日记，为什么会在我们家？"

朱月华反问我："黄谷柳和你是怎么称呼？"

我说："他是我的外祖父。"

"哦，是这么回事。"老人一边翻看自己的日记，一边对我解释说："黄谷柳那时在我们337团蹲点，他要搞创作，我就把日记给了他。"

老人说，你外祖父那时真不容易啊，他身体不好，长得又单薄。

老人慢慢地翻动他自己的日记，我和他的勤务兵在一旁不时给他念上一段。老人嘟嘟囔囔地说："这是我写的东西吗？我以前的字是这样的吗？这是哪一年的事啊？"

我说："您在这一本里，提到儿子维平出生。"

"噢，"老人说："维平出生是1952年。"

我把一本《黄谷柳朝鲜战地写真》送给老人，老人翻开这本书，翻到后面，他看见我拍摄的他的老战友张文一的照片，他笑嘻嘻地说："张文一胖了，胖到我都认不得了。"

在阳光温暖的病房里，我给朱月华老人拍了几张照片，也请小战士替我和朱月华老人拍了几张合照。我问朱月华先生，我可不可以把他的战地日记和黄谷柳的战地笔记合成一本书出版？他的稿费仍旧归他。

老人说可以。又说，有没有稿费都无所谓的。

晚上，我在家里处理白天拍下的图片。手机响了，是个陌生女人的柔和的声音。她说："我是朱月华的小女儿兰平，我看到你送给我爸的书和他的日记了，谢谢你啊！"

我仍在庆幸白天自己还给朱月华先生的是日记的

原件——在 54 年前，朱月华二话不说就把自己写了两年的两本战地日记，送给我外祖父当创作素材；41 年前，我外祖父让出两间房子给工人们居住，为的是在红卫兵抄家前夕，保存下这批来自于抗美援朝前线的日记、笔记和胶片，上一辈的人，他们真有古代侠士的风范啊。作为晚辈，我怎么能做让他们面目无光的事情呢？

手机里，朱月华的小女儿继续说："好在，我们都在同一个城市。春节时你在广州吗？我大哥维平会回来，我们大家一起聚聚吧。"

2007 年的大年初二，在朱月华将军的家里，我与将军的儿子维平、女儿爱平和她的先生铁军，一起坐在书房里聊天。在此之前，我已经把谷柳从朝鲜战场带回来的两本朱月华的战地日记还给了将军，我们聊天时，朱维平的手里一直拿着它们，两本战地日记，仍旧装在原先的密封袋里，坐在我旁边的维平不时把它们从密封袋里拿出来，翻动发黄的纸页，断断续续地告诉我一些他所知道的日记里的人物的下落。

1950 年 11 月 28 日，他的父亲朱月华率领 338 团一夜急行军 145 华里，占领三所里、龙源里，击溃了美韩等多国部队的突围企图，毙伤俘敌 8000 余人，缴获各种车辆几百辆，确保了第二次战役在西线的胜利，这英勇的阻击震撼了联合国军的整个战线。12 月 1 日，彭德怀听完韩先楚关于 38 军在三所里、龙源里、松骨峰的战斗汇报，默然良久，当起草好的嘉奖电报送到他手上时，彭德怀提笔在电报末尾加上一句：

"中国人民志愿军万岁！第 38 军万岁！"

1952 年，朱月华的儿子在国内出生，仍在抗美援朝前线战斗的他，给儿子起了一个响亮的名字："朱维平"。

今天，朱维平是国家发改委纪检监察局一室主任，他很感慨地对我说：我们都不知道父亲写日记，他把这两本日记给了你外祖父之后，就再也没有写过日记了。父亲说，之前他写的十几本日记，在朝鲜打仗时，马掉到河里，它们全没有了。

朱维平说：父亲日记中写到的那些人，很多我都认识，我来整理它们，再合适不过。

我笑，这么一来，我就没法把它们跟黄谷柳的朝鲜笔记合成一本书。不过，这样更好，军人出身的朱维平整理他父亲的战地日记，肯定做得比我出色。我说起自己做这件事初期的种种困惑，朱维平很自豪地说：我就不会有这些困惑。我做这件事一点不难。

春节后不久，我把黄谷柳从朝鲜带回来的两本 38 军的内刊寄给朱维平，我以为自己再也不会做这件事情了。不料两个月后，回来扫墓的舅舅把他珍藏的一批谷柳拍摄的胶片带来给我，我又得重新开始做两年前做过的查访照片线索的工作。

2007 年 6 月，我到了北京，在发改委大楼的传达室里，朱维平把我送他的两本内刊交给我，他说：

"你现在做大事情了。"

[7] "地垄沟" 军衣（P031）

这种仿朝鲜人民军样式的军衣，是第一批入朝作战部队为了掩护身份而特制的，随着中国人民志愿军入朝作战的消息公开化，志愿军也就不再配发这种军衣了。后来入朝作战的部队都没有穿过这种衣服。

38军的老战士张文一对我说：二次战役下来，我们的"地垄沟"衣服差不多全开花了，缕缕棉絮和衣服罩子被熏成烟黑色，浑身上下只有牙齿是白的。

[8] 他不是沙学翰（P033）

2007年6月，张文一老人领我去保定采访她的老战友，当年113师宣传队队长张仲加、队员屈贵民，都说这张照片上的战士很像1952年在朝鲜281.2高地插红旗时被炮弹击中牺牲的沙学翰。他们说，沙学翰入伍前是天津的工人，长得很秀气。在此之前，收到我寄去的《黄谷柳朝鲜战地写真》，屈贵民老人给我回了一封信，信中写到沙学翰牺牲前的事情：

"你的外祖父是我在那战火硝烟中结识的好战友和尊敬的老师。写《和平旗手》小歌剧，是我们战斗友谊的亮点。《和平旗手》中的红旗班，就是尖刀班。那群生龙活虎的战士，至今仍活跃在我的脑海里。班长沙学翰，有个未婚妻，在天津某纺织厂上班，是厂里的穆桂英，是突击班的红旗手。沙学翰同志曾告诉我，要与她开展竞赛。记得在出征前，我和宣传队部分女同志送他们出征，沙学翰同志笑指军装上衣口袋说，她的照片就在这里，为祖国、为人民、为了她，我誓把这面红旗插上主峰。

"宣传队的女同志轻声唱着热爱祖国的歌曲，在战士的胸前一针一线缝名签，战士心里都明白，这珍贵的名签，是战后打扫战场时寻找烈士的证物。当时场面非常严肃、激动、壮烈，可每个可敬、可爱的小战士的脸上，都露出笑容。这些勇士们视死如归的伟大精神，至今仍然激励我奋进。"

随着采访的进一步深入，我认出更多的人，我发现这张照片上被认作是沙学翰的年轻战士，同时出现在另一张拍摄于1951年的照片上，他与112师334团的潘天炎站在一起，这就不可能是1952年才出现在黄谷柳视野中的113师339团的沙学翰。

不过，这些年轻、纯洁的脸庞，多么相似！

[9] 潘天炎（P036）

第一个认出这张照片上的志愿军小战士是青年英雄潘天炎的，是 38 军 112 师宣传队老战士李增奇，那是 2007 年 6 月 13 日，在北京天通苑李增奇先生的家里。

李增奇先生说：在战场上我专门采访过潘天炎，我很熟悉他——对，就是他，没错！

潘天炎，河南人，1935 年生，1950 年入朝作战，在战场上立过两大功。后来他腿负伤被送回国，之后下落不明。

李增奇找出他家藏的《统领万岁军——梁兴初将军的戎马生涯》，翻到叙述潘天炎的那一页，让我好好地抄录下来。

李增奇先生说：那时候，潘天炎还很年轻啊，不知今天他还在不在？

[10《三个战士》（P041）

李增奇先生的夫人刘宏瑛一眼就认出这张照片拍的是《三个战士》，她说，这是 38 军文工团自编自导的节目。

李增奇先生把照片上的演员一一认出来了，标注给我。

[11] 曹宝禄（P043）

曹宝禄的名字写在装载这张胶片的小纸袋上，是黄谷柳的笔迹。

2007 年 6 月，张文苑先生和李维新先生给我确认了这张照片上手持八角鼓演出的，正是曹宝禄。

[12] 白朗（P046）

张文苑先生认为这个高踞在嘎斯车上的女人，就是作家白朗。

他说：白朗一直跟随救护队活动，在前线她非常醒目，她总喜欢挽着袖子，英姿飒爽。

2007 年 6 月 23 日，黄药眠的儿子大地在看有他父亲在场的照片。

[13] 大连集结（P049）

2007 年 7 月，陈建功先生拿着我寄去的照片找到邓友梅先生和林斤澜先生，邓老认出不少人，包括这张照片上的草明、颜一烟、逯斐、安娥、黄药眠、田间、路翎、严辰、杜矢甲、魏遵贤，还有他自己——在另一张摄于同一时间、同一地点的合照上。

邓友梅先生说：1951 年初夏，第一届赴朝慰问团文化组成员回国后，由田汉带队与东北的作家一起汇集大连，用一个多月时间写他们赴朝采访志愿军的作品。当时草明还在沈阳代表东北文联请他们吃饭。

在大连集结期间，海默写出了《突破临津江》，路翎写出了《洼地上的战役》。

[14] 田汉与安娥（P051）

最先认出这张照片上的人是田汉与安娥的，是当时仍在央视拍《电影传奇》的杨树鹏。2004 年，我在北京漫天撒网地寻找知情人，请杨树鹏看过这张照片，他一眼就认出他们来了，他说他采访田汉的儿子田申时，看过田汉和安娥年轻时的照片，就是这个样子。

后来，人民日报社的李辉也确认了这俩人就是田汉与他的夫人安娥。

[15] 梁兴初 (P053)

第一个认出梁兴初的，是原 38 军 112 师宣传队的小提琴手李增奇，他 12 岁就跟着梁军长南征北战了，他说：我怎么可能认不出梁兴初梁军长！

梁晓东在家中阳台端详他的万岁军酒。

说来话长，为了这些照片，我所做的漫长的追踪采访，竟是从梁兴初军长的大儿子——梁晓东开始的。2004 年，我一边做着谷柳赴朝日记的电脑录入工作，一边想法寻找照片上的幸存者，我的一个表姐夫告诉我，他公司里的头头，跟 38 军老军长梁兴初的儿子梁晓东很熟，表姐夫在一次饭局中也见过他——也许，他可以提供一些有用的线索。

我打通了梁晓东的电话，还去他家里对他做了一次采访——自然，他认不出一百多幅照片上的任何一个军人，上面也没有他的父亲。他对我讲了他和他父亲的故事——从他记事的时候讲起，他的父亲，因受"林彪事件"的牵连，被下放到三线工厂劳动。父亲恢复名誉之后，被召回北京工作，可是他所有的日记和照片，还有收集多年的史料，却在这次搬迁中，全部毁于汽车意外的大火。自此之后，梁兴初再也没有恢复过来，一年之后，他郁郁而终。

梁晓东说自己也受父亲的牵连，不能参军，不能上大学，他只好去当工人。家里情况好起来以后，他就去了做外贸，这些年外贸公司效益差，他就出来了，这回是和弟弟一起，在当年红军四渡赤水第二渡的地方，盘下了一家小茅台酒厂，他们重新给它做包装，注册了新的商标和外形，它就叫万岁军酒——"万岁军"这三个字，从彭德怀当年发给 38 军的嘉奖电报上临摹下来，笔迹丝毫不差。

我觉得他的故事很幽默，我问他，你父亲如果在
生，他知道你卖万岁军酒，他会说些什么呢？

这个长得很憨厚的大个子男人想了想，告诉我说，
他只挨过父亲一顿打，那是在他读小学的时候，有一天，
他把家里所有的空啤酒瓶子收集起来，卖给了废品收
购站，父亲回家发现了，把他狠狠地揍了一顿。

大名鼎鼎的万岁军老军长这样骂他的儿子：

"小小年纪就这么爱钱，长大怎么得了！"

看了我带去的朝鲜战地老照片，鲁迅文学院院长白
描抓起电话就替我联系可能的知情人陈清泉先生和
吴泰昌先生，他还约了中国现代文学馆馆长陈建功
先生抽空来看我手上的老照片。

[16] 张桂、严辰（P054）

张桂、严辰的名字写在装胶片的册子的目录上，
开始时我无法把胶片和目录对应起来，因为我不知道
在过去了的 54 年里，我上一辈的亲人有没有翻乱过它
们以至于胶片和目录不能——对应。

幸亏还有不少人见过这些人年轻时的样子，或见
过他们年轻时的照片，最先认出张桂的，是张文苑先生，
他说：他就是那个写了小说《三月雨》的军队作家。

严辰，是李清泉老人认出来的。2007 年 6 月，我
在北京查找照片线索，鲁迅文学院的院长白描替我联
系了中国作协的老人李清泉先生，我到了李老的家里。

李清泉先生指着照片上的人说：他就是逯斐的丈
夫，曾经住过我家楼上，我们还是邻居呢。

李老先生怎么都想不起他的名字，他把夫人叫出
来问，老太太说：他叫严辰。

[17] 大连合影（P055）

这张照片，邓友梅先生说，是慰问团中的女同志在大连访问志愿军伤兵医院之后的合影。

[18] 王莘（P058）

2004年6月，我去天津拜访王莘老人，因为谷柳的赴朝日记里好几次提到他，我想，也许王老还能认出一些照片上的人。

我走进王莘老人的家，最先见到的是王老的夫人和女儿，她们把坐在轮椅上的王莘先生推出客厅与我见面，王老已经丧失对自己身体的控制能力，他说不了话，只能发出"呀，呀"的声音。她们说，他的头脑还清醒。

王老夫人在我带去的相册里，认出其中三张——里面有王莘年轻的身影。

那天，阳光很好，在王家的老宅子里，王老夫人对我说了很多他们的往事，她说，文化大革命时，学校里有一个40多岁的男教师，领着一伙红卫兵来抄他们的家，把王莘和毛主席一块照的照片，还有《歌唱祖国》那一套东西等等，都抄走了，还把他们从家里赶出来。

2004年6月，天津，王莘。

王老夫人说，江青要王莘改《歌唱祖国》这首歌，说它没有歌颂文化大革命。王莘不肯改，王莘说：我当时没想到文化大革命，只是刚解放，觉得扬眉吐气，我就歌唱祖国了，我脑子里没有文化大革命。

那是在中国大剧院，江青接见群众时与王莘的对话。当时江青说：没有文化大革命是不对的，歌唱祖国，应该歌唱文化大革命，你要写文化大革命，你现在就改。

王莘说：我改不了，历史时期的歌曲我怎么改，你们要改的话，你们组织改，我改不了。

之后，他们就整他、批判他，说他：你眼睛里还有谁？你连旗手都没有！

《歌唱祖国》这首歌，曾经被人改写过歌词，但不是王莘改写的。那场大革命平息之后，这首老歌才恢复了自己本来的面目。

1982年，王莘患轻度脑血栓，但他坚持工作，直到前些年他再也无法自理为止。

我为轮椅上的王莘先生拍了几张照片，我甚至觉得，对这位可敬的老人，就连拍摄他，都是残忍的。

[19] 巴金与谷柳采访"万里号"驾驶员周光远（P059）

这张胶片藏在一个有着细条纹的褐色小纸袋里，上面是一个陌生人的笔迹："您与巴金同志访万里号驾驶员周光远同志。"

我还没查到这张照片的摄影师是谁，也没查出这张照片上的三个志愿军战士谁才是"万里号"驾驶员周光远。

[20] 高虹（P065）

2004年6月，军旅画家高虹在家中辨认我带去的朝鲜战地照片，他在朝鲜战场上与这批照片的拍摄者黄谷柳有战友之谊。

[21] 张慰民（P073）

　　2004 年 6 月 5 日，我坐火车到了北京，在张文苑先生的帮助下，我见到了照片上的张慰民女士。在她宽敞明亮的家里，有她的丈夫靳甲夫先生，还有他们的战友马寄远女士。1952 年，马寄远和张慰民曾是同一批的志愿军归国代表，她们一起从前线回到祖国，到各地宣讲志愿军的英雄事迹，自那以后，她们又回到前线，再也没有机会见面。这一次，因为我的采访，张文苑把她们聚到了一起，老战友相隔 52 年后再次重逢，她们紧紧拥抱，热泪盈眶。

2004 年 6 月，北京，靳甲夫与妻子张慰民。

　　照片上的她，穿着双排纽扣的列宁装，作为志愿军的归国代表，她拍完这张照片，就踏上了归程。

　　入朝作战时，张慰民是 65 军 193 师的政工干部，那是 1950 年 11 月，1 号那天，她在北京生下孩子，她用自己和丈夫靳甲夫全部的存款——14 块钱，买了一个脸盆、一把暖壶、一包荷兰产的奶粉，还有一块虎皮——她用它包裹起孩子，交给母亲，她就随部队入朝了，这距离她分娩那刻，才刚刚过去了 14 天。她的丈夫也是她的战友，他们在同一支作战部队。1951 年初，第五次战役打响后，志愿军大步后撤，敌人的坦克在山下前进，他们在山头上往回走。

原 65 军副政委靳甲夫。

　　后撤时，有天夜里，她实在太累了，在老乡的热炕上倒下就睡死了，她听不见吹号，早上出来一看，村子里没别人了，就剩他们七个——一个炊事员、一个卫生员，还有四个文工团团员，其中就有马怡、周二清和汪卓。

　　四个女人、三个男人，只有张慰民是干事和党员，于是她自任组长，领着六个人去追赶部队，他们跋山

志愿军 19 兵团政治部文工团团员马寄远。

涉水、昼伏夜出，饿了就在地里刨点吃的，就这样走了18天，终于找着了部队。

张慰民说：在朝鲜时，笑话可多了。我弄了一瓶发蜡，以为是擦脸油呢，我就抹到脸上，却怎么也弄不开了。那时候不懂什么叫发蜡，还挺高兴，往脸上抹。

张文苑说：我是使一块鞋垫，那块鞋垫软软的，我以为是肥皂呢，我说好不容易找着一块肥皂，该留着洗点什么东西。后来一洗，根本不起沫，原来是鞋垫。

张慰民说：我捡到一个小马蹄表，是美国兵丢的，还"嘀嘀"作响，我以为它是定时炸弹，我说快跑！——我不认识钟表，真有意思。

我问：韩国军队是不是不经打？

张文苑说：他们不如美国兵厉害。金日成让他的部队跟南韩兵对峙，我们大部分是打美国兵。

张慰民说：北朝鲜的兵都比咱们会享福，人家女兵还有化妆时间，人家连长还有勤务员伺候，咱们这边没有。别说连长，营长也没有啊。朝鲜军人跟咱们就是不一样。

张文苑说：他们都是苏军那一套，早上勤务兵替你把牙刷牙膏都弄好。

张慰民说：晚上给你端洗脚水，那勤务兵还是个女的，咱们哪享过那个福啊。

张文苑说：朝战一开始，金日成就被打得差不多了，他们的兵战斗力不行。

马寄远说：美国军队一登陆就把他们消灭了不少，那时我们还没去朝鲜呢。

靳甲夫说：他们战斗力不强。

说完了抗美援朝，张慰民领我参观她的家、她的家庭相册、她和孩子们的各种奖状和纪念品，她完全是一个幸福慈祥的老太太的样子。她说：我的孙子跟着他爹去美国，在西海岸考上大学了，他原来是清华附中的。

"在美国哪里？"

"在盐湖城那。"

[22] 辛莽（P090）

山谷里，一个穿军装的男人给一个穿军装的女人画素描——这张照片，开始我以为画画的那位是访朝慰问团的李蕤，因为在谷柳的胶片袋目录上，有李蕤的名字。后来，我见到了同是慰问团成员的胡可[36]先生，胡老告诉我，那不是李蕤，李蕤是作家，不会画画。这是慰问团的另一位成员——画家辛莽。我采访高虹先生时，高老也很肯定——画画的这个人是辛莽，不是李蕤，不过他俩长得很像。

两个月后，我再次到北京寻找照片上的幸存者，我终于见到辛莽老人了，在京郊他的家里，辛老给我看他在朝鲜战场上画的素描，大大小小上百幅，50多年前的硝烟扑面而来，他认出了我带去的照片上的他自己，还有被他画素描的女战士。

　　她叫马怡，他说。

　　在这之前，我已经分别从张文苑、张慰民和靳甲夫那里得知——这个长着大眼睛、梳着长辫子的女兵，她就是马怡。

　　马怡，65军193师组织科干事，她的第一任丈夫，也是部队的，在宁夏牺牲了。田润生是她的第二任丈夫，193师578团的团长。入朝前，马怡是193师宣传队的，组织叫她跟田润生结婚，她不干。不干不行，组织上下命令，必须结婚，结了婚的才能入朝。

　　于是，马怡就跟田润生结婚了。她刚结婚，丈夫又死了，死于志愿军入朝的第一场战役。

　　张慰民说：马怡现在在天津。她后来又嫁了一个人，还是我给她介绍的对象。

　　我在石家庄采访张振川先生时，听他说了田润生和578团的事情：

　　第一次战役时，他们穿插在汉城的汉江边上，敌人一发炮弹，就把193师578团的团长田润生、政委、副团长，还有主任和副政委，一下都打死在队伍里。当时他们在打运动战，没有掩蔽，也没有猫儿洞什么的。

　　这个578团撤到后边，配好后再上战场。这时，他们是打防卫战了。敌人在这一边，他们在另一边——在一座山上，他们挖了坑道，在里面守着。敌人飞机来了，发现这是一个团指挥所，就往这里打炮，把坑道炸塌了，他们都困死在里头。

　　578团有两次，团的干部被一窝端掉。

　　2007年3月，辛莽的儿子吴天天打来电话，他的父亲今年初去世了。两个月后，我到了北京，6月27日，吴天天领我去见罗工柳先生的遗孀——杨筠老人，杨筠老人送给我一本异常精美的大画册——《罗工柳油画》，她在扉页上写下："黄茵女史存 罗工柳 2004。杨筠代办 2007.6.27。"

2004年10月，在辛莽家中，我给老人拍下这张照片。

2007年6月，罗工柳先生的遗孀——杨筠老人在看我带去的照片。

2007年6月，辛莽先生的儿子吴天天领我造访罗工柳先生的家。

2004 年 6 月 9 日，张文苑在家中接受我的采访。

2007 年 6 月 23 日，穿花衣、戴红帽的李维新先生也来到张文苑家中，一起辨认我带去的朝鲜战地照片。

[23] 张文苑（P091）

2004 年，如果没有高虹先生的来信，我就不可能认识张文苑先生，也就很难想像此后我对图片线索如何展开追踪采访。赴京之前，张老已经跟我通了两次电话了，他的声音很亲切。

6 月 9 日，张文苑先生在家里接待了我，我把谷柳拍摄的上百张朝鲜战地照片带来给他辨认，他首先认出了自己穿过的衣服——54 年前，他穿着一件亚麻色的套头衫——他高兴得嚷了起来：这个是我，这个就是张文苑，张文苑穿列宁装！

他解释说，那是 1950 年，建党 30 周年，上级照顾他们，发粗布做的列宁装。他知道苏联红军都穿这种衣服，下面没有兜的，他们的兵团政委是个大个子，他也穿列宁装，看上去很神气。但好多人不要穿套头衫，他们不习惯衣服没扣子。

回国以后，张文苑在石家庄工作，在军装下面，他穿的都是列宁装。

1952 年初，巴金率团到朝鲜慰问志愿军，本来该由志愿军政治部派干部陪同，但志政人少，总政的电报转给了兵团，这个任务便落到了 19 兵团文工团团长张文苑身上。那些日子里，他陪同巴金和谷柳等人到前线采访参战部队，谷柳拍摄的战地照片，张文苑能认出不少熟悉的场景，还有照片上的一些人，更是他熟悉的战友。

他认出了那张标语——1952 年，砂川河前沿阵地交通壕里的欢迎标语——"祝巴金和黄谷柳同志身体健康！"

我问张文苑：他们到前线去，能看到打仗吗？

张文苑说: 步兵不进攻, 就都呆在坑道里, 呆在炮位上, 练练体力什么的。他们来到, 只能看看战士们, 就算体验过打仗了。巴金来砂川河前沿, 总政专门有指示——在安全的条件下, 他们可以到那儿去, 但安全保证是基本条件。

巴金、谷柳、胡可、王莘, 在砂川河的坑道里住了六七天, 他们发现交通壕叫什么的都有——北京路、广州路、华山路, 都是战士给起的名字。

张文苑陪同巴金和谷柳去前线时, 他刚新婚三个月, 他们是在朝鲜前线结婚的, 这一年, 他 26 岁, 妻子 24 岁。

2006 年 6 月, 因为又发现一批黄谷柳拍摄于赴朝期间的胶片, 我再度赴京采访, 张文苑先生再一次帮助了我, 我两次在他家里辨认照片, 第二次, 他还请来了他的老战友、著名演员李维新先生。

今天国内话剧界的大腕们在给演员讲课时, 少不了要提到李维新的例子——在第一届全国话剧会演时, 总政话剧团的李维新在话剧《万水千山》中, 扮演了一个只有几句台词的国民党军俘虏, 但他却获得了表演一等奖。因为他成功地创造出一个四川军阀手下的连长的形象, 从而反衬出中国共产党领导的工农红军万里长征北上抗日的英雄气概, 使俘虏兵这个 "小角色" 在《万水千山》这首英雄交响乐中, 成为一个不可缺少的音符。

整整一个下午, 我都在听李老讲他的故事, 从炮火连天的朝鲜战场, 一直讲到归国以后的演出生涯, 他在话剧《万水千山》中有过一次扮演毛泽东的机会, 为了这次最终未通过审查的预演, 他如何两次隐身在毛泽东主席接见来宾的会议室外, 激动无比地观摩他将要扮演的对象。

[24] 张振川（P115）

2004 年 6 月，石家庄，我拜访张振川先生和他的夫人汤小薇。

2004 年 6 月，我在石家庄见到了张振川先生和他的夫人汤小薇。

1952 年，张振川在砂川河前沿的团指挥所里接待过巴金和谷柳。这位当年的 582 团团长对半个世纪前的事情，叙述和记忆都很清晰，他说：

巴金他们提出要上前面去看看，那时我们的赵师长说，你别让他们进去啊，老打炮火，打死一个你负责。

我说，他们要去，我可不能保证。

师长说，打死一个，你负责。

巴金说，我们在壕沟里头，我们不往外走。

后来，我把他们领到高地上，前面是砂川河，砂川河对面就是敌人，他们到那儿去看了看，他们都想去看打炮，看敌人打炮。

他们到了高地上，看到前面都是敌人，我都给他们准备好了——在战壕里面，分散的位置，他们戴上伪装环、拿上望远镜，有时就从一个窟窿里看出去，上面都是伪装，他们很安全。

巴金在团指挥所的壕洞里呆了一些天，他呆得挺有感觉的，他们接触了文工团，文工团里有好几个英勇牺牲的团员，巴金回国后写了小说《团圆》，还拍成电影《英雄儿女》。

十几年后，有人问张振川：巴金的小说，是不是给你们 65 军写的？

张振川说：巴金不止去过 65 军，他还到了 63 军、68 军。

还有人问张振川：《英雄儿女》电影里的团长张振

华，是不是你？

张振川说：我是张振川，他是张振华。

张老离休前是河北省军区司令，20 年前他回到家里，写起了抗美援朝的回忆录，他已出版了三本书。他的妻子汤小薇，退休前是《河北日报》的编辑和记者，当年他们相识，还是《人民日报》大记者金凤做的媒。

张振川说：在我的第一本书上，我开头就写——当年我在炮火连天的团指挥所——德物山上，我们的六连，五天五夜与美军争夺 67 高地，最后 180 人只剩下两个——五次负伤、双目失明的副指导员赵先有和通讯员刘顺武，美军坦克在飞机、大炮的掩护下，喷着火冲上阵地，他俩还不肯撤退，还在要求"向我开炮"，战至最后一息。我组织了两个小组，又反攻上去，把那个地方夺回来了。

我在山上，当时就下了决心，我说，我要能活到和平年代，我一定要把我们这些英雄都写下来，告诉我们的后人。

[25] 王莘指挥战士唱《歌唱祖国》（P118）

这张照片，在我编辑的《黄谷柳朝鲜战地写真》一书中，注释有误。

这一回，我把它与巴金先生的赴朝日记、谷柳的赴朝日记，还有与它相连的另一张胶片上的志愿军战士的面庞（其中有已经被辨认出来的人物）——对照，比较接近的注释是——王莘在指挥战士们唱《歌唱祖国》。

[26] 郭忠田（P120）

在已经出版的《黄谷柳朝鲜战地写真》一书中，有很详尽的郭忠田口述个人史的笔录。后来，黄谷柳还把郭忠田写入了他的长篇小说《和平哨兵》，可惜此书脱稿于"文革"初期，还未问世就被作者烧毁，使我无从得见一个现实中的士兵怎么成为一部长篇小说的主角人物。

2004 年，我去国防大学拜访徐焰教授，他是研究抗美援朝史的专家，看到我带去的照片中有郭忠田，他对我说：你找不到郭忠田的，他已经去世很久了。

我在百度搜索，找到一则郭忠田的事迹简介：

郭忠田，抗美援朝一级战斗英雄。1926年1月生于吉林公主岭一农民家庭。

1945年9月，郭忠田参加了人民军队。1946年11月加入中国共产党。郭忠田参加了三下江南、四战四平、辽西会战、解放天津、进军广西等一系列战役和战斗。因作战勇敢，曾立大功四次，并升任班长、排长。

1950年10月，郭忠田随中国人民志愿军赴朝参战。11月30日，他带领全排战士在朝鲜西部龙源里北山的高地上，执行阻击美军南逃的任务。在这次战斗中，郭忠田带领全排战士打退了美军10余次进攻，歼敌200余人，缴获满载军用物资的汽车58辆及枪炮弹药等，创造了激战一整天，全排无一伤亡的奇迹，胜利地完成了阻击任务。为此，中国人民志愿军总部为郭忠田记特等功一次，授予"一级战斗英雄"称号，并获朝鲜民主主义人民共和国三级国旗勋章；全排荣立集体一等功，并被命名为"郭忠田英雄排"。郭忠田因作战有功，指挥有方，被提升为副连长。1951年2月，任连长。

1951年2月4日，郭忠田率全连执行固守西官厅北山的任务。战斗中，他同全连指战员打退敌人6次进攻，毙敌260余人，圆满完成战斗任务。第四次战役结束后，郭忠田所在连被授予"二级英雄连"称号，并授"屡战屡胜"奖旗一面。

1951年6月，中国人民志愿军总部选派郭忠田为中国青年代表团成员赴柏林参加第三届世界和平联欢节。从柏林回国后，参加了新中国成立两周年国庆观礼。在庆祝抗美援朝一周年纪念大会上，向毛泽东等党和国家领导人汇报了在朝鲜作战的情况。会后，他随英模报告团到全国各地作巡回报告。

抗美援朝战争结束后，郭忠田随部队回到东北驻防。1967年，随部队调防到华北，任某部副师长。1993年2月8日，郭忠田因病逝世，终年67岁。

[27] 小痕（P124）

照片上这个梳长辫子的小女兵，张文苑说她是"小痕"，张振川也说是"小痕"，小痕，就是张莹珊，也就是电影《英雄儿女》中的王芳的原型。

2004年6月，我在石家庄找到了张莹珊，我们一起走出河北省电台的老干处，已经离休的她推着自行车，领我去她的家里。

我把照片给她看，她笑了，说：他们都认错人了，她叫博痕秀，是一野搞舞蹈的，后来到了195师文工团，她跟我们文工团的一个工作代表搞恋爱，她是长得很像我，大家都把她叫成"小痕"。

"小痕"这个小名，是张莹珊的父亲给她起的，小痕 10 岁就随父亲参加八路军，成为八路军冀东分区"长城"剧社里最小的一名战士演员，她走过了抗日战争和解放战争，19 岁那年，她上了朝鲜战场。

她一直就叫小痕，直到文化大革命，她才改名叫张莹珊。

很可惜，我还是没有见到照片上的这个"小痕"，他们都说，她还健在。

2007 年 6 月，我在保定采访原 113 师宣传队队长张仲加和队员屈贵民、张文一时，他们说这个"小痕"很像是 38 军文工团的团员王铣，左起第 3 位很像是 113 师宣传队的佟久勋、第 7 位很像贾铁军。

我回到北京三天后，张文一阿姨领我到她的老战友陈瑞峰先生的家，时任 113 师宣传队编剧的陈老看了我带去的照片，非常肯定地告诉我：这上面没有 113 师宣传队的人，那个小女兵也不是 38 军文工团的王铣。

我没有再去石家庄找张莹珊老人，这些老照片时隔太久了，记忆也日渐模糊，我那些亲历过这场战争的长辈们，恐怕都有可能在这些照片上找到似曾相识的身影吧？

2007 年 6 月，陈瑞峰先生和夫人看到我带去的半个世纪前他在朝鲜战场上写给谷柳的信，欣喜万分。

[28] 张仲加（P126）

在我编辑的《黄谷柳朝鲜战地写真》一书中，我把 2004 年 11 月这张照片的注写错了——张仲加被我写成李淼生，虽然小字压在图片上不甚清楚，但也是一个不该犯的错误。在此，向张仲加先生和李淼生先生致歉。

2004 年 11 月，我在张仲加家的小院里，与张仲加夫妇及某军政治部宣传干事王晓玉合影。

2004年10月，北京，黄茵在张文一家里拍下这幅张文一和韦建禄的合照。

[29] 张文一（P129）

2004年10月，我在北京黄寺某干休所，见到了谷柳在朝鲜战场上结识的113师宣传队的队员——张文一和韦建禄。

张文一，就是黄谷柳写的《朝鲜战地通讯》——《引路人》中的江文仪。

两位老人见到我，就像见到远方归来的晚辈儿孙一样，亲切之情溢于言表。他们跟我讲我外祖父在朝鲜战场的故事，他们说他很爱跳舞，很乐观，不怕死，经常给他们讲故事，讲笑话，又教他们学文化和做人的道理。

2007年6月，我又拿着新发现的朝鲜战地照片去北京找老人们辨认，这一回，张文一阿姨领我去了她的老战友韦建禄先生的家、陈瑞峰先生的家，还领着我坐火车去了保定——又一次来到老队长张仲加先生的家里。

我离开北京之前，张文一阿姨和她的丈夫陆恂先生在家里请我吃饭，陆恂先生是江浙人，曾任总政宣传部部长，现在已经退休了，老两口子亲自下厨，煮了两个江浙口味的菜，还有两个特地叫干休所厨房烧的鱼和肉，又开了一瓶红葡萄酒，我们仨在一起就着大碗白粥度过了北京2007年初夏最热的一个黄昏。

文一阿姨送给我一本陆恂先生的诗集《陆恂诗词选》和一本《纪念总政老干部学院建院20周年诗词作品选集》。

2007年6月，张文一领黄茵去保定找老战友认照片。在火车上。

[30] 杨昭彩（P132）

在我编辑《黄谷柳朝鲜战地写真》一书的时候，我并不知道杨昭彩就是王心刚的爱人，书出来以后，我给采访过的老人一一寄书，并托他们打听书中提到的和照片上有的人，只要人还在，也有联系地址，就请转告我，我给他们寄书。

2007 年 6 月 14 日，原 113 师宣传队几位老战友在韦建禄家里团聚，左起：韦建禄的夫人张凤翘、杨昭彩、张文一，可惜我忘记拍下在另一个房间里聊天的先生们。

2007 年 1 月 26 日，晚饭后，我接到张文一阿姨从北京打来的电话，她告诉我，杨昭彩去了国外探亲，不过书仍然可以寄去她家，她丈夫也当过兵。

张文一逐字念出杨昭彩家的地址："北京八一电影制片厂。"

"收件人王心刚，就是那个演员王心刚。"

我一下子激动起来，我竟然有王心刚的妻子年轻时上战场的照片！

如果我在 2004 年就知道这条线索，那该多好——我在莲香园、差不多就是八一厂的隔壁住了两个月，我竟然没有拿着这张照片去拜访他们！

6 月，我又到了北京，在韦建禄先生的家里，我终于有机会补拍杨昭彩阿姨的照片了，但她不喜欢被我拍摄，我只拍下了这一张，也没拍好，真的很遗憾。

三位女士，当年可是 113 师首批入朝作战部队中罕见的女兵！

2004年11月，与屈贵民先生在他家门外合影，我手持志愿军老兵张永学从东北寄给屈贵民的《和平旗手》的歌剧台本。

[31] 屈贵民（P132）

2004年11月，我在保定采访113师宣传队的老人屈贵民先生，他收到老战友张永学从东北寄来的《和平旗手》的歌剧台本，那是当年屈贵民和黄谷柳写歌词、张永学谱曲的本子，永学把它们重新抄录、复印了寄来。屈贵民老人把这份东西又复印了一遍，送给我保存，以作纪念。

2007年6月18日，我在张仲加先生的家里再次见到屈贵民老人，他还告诉我一个细节：1952年深秋，他参加完在北京举行的全军运动会，得了一个50米潜泳亚军，回到朝鲜前线，281.2战斗刚刚打完，天气开始变得很冷，那时谷柳正在他们113师宣传队蹲点，他和谷柳坐在小河边，谷柳跟他们打赌：谁敢跳下去游泳？

他说：你敢跳，我就敢跳！

谷柳二话不说，把衣服一脱，只穿条裤头就跳下去了。

屈贵民老人说：我也跟着他跳到了河里。

我在谷柳1952年的赴朝日记中翻到这一页："10月20日 星期一 晴

"整日排练，师首长路过门口，探询排戏情况，师部已经知道我们排戏，期望能在25日抗美援朝两周年纪念日演出。

"晚上，坚白来谈，允诺回国寄赠日译本《虾球物语》给她。

"今天到河里冬浴，很痛快。

"看了吴厚智、坚白、吴微三同志参加护理工作期间的体会文章，真是文如其人。"

2007年6月18日，保定。右起：屈贵民、王玺、张文一、王玺的夫人邹维申、张仲加及夫人，在张仲加先生家里。

[32] 刘宏瑛（P132）

李增奇先生的妻子，原113师宣传队队员。

2007年6月13日与6月24日，我两次拜访李增奇先生，他认出不少照片上的人，也还记得照片的背景。刘宏瑛阿姨在旁边一个劲地夸奖她的丈夫："你李叔的记性就是好！"

老两口送给我一本书，那是他们已经过世的女婿士心编写的歌曲集《说句心里话——士心歌曲选》。

他们的女婿，也是中国人民解放军战士。

[33] 小朴（P135）

照片上的这个神情忧郁的女子，是朝鲜姑娘，大家都叫她小朴。朝战时期，她一直呆在193师宣传队，像战士们一样参加战斗。停战以后，志愿军回国，小朴不肯离开她的战友，他们把她藏在回国的木箱中，随大军一起过了鸭绿江。

后来，张文苑听人说起，有两个朝鲜姑娘，一个是跟志愿军过来了，后来，她到街上买东西，不会讲中国话，暴露了身份，很快就被送回朝鲜了。

另一个朝鲜姑娘，爱上了一个中国人，她想跟他结婚，这个中国人就向组织打报告申请结婚——这份报告一直送到外交部，然后就——允许她回国了，因为朝鲜不允许自己的公民跟中国人结婚。她愿意也没用，虽然她在中国呆得很好，但还是被人发现了，只好被送回朝鲜了。

不知道这两个朝鲜姑娘，哪一个是小朴呢？

也许两个都不是，也许小朴后来就消失在中国的人海中了。

[34]112师宣传队在松林中歌唱（P138）

这张照片，在《黄谷柳朝鲜战地写真》一书中不是这样的说明。书出来以后，张文一阿姨给我一份名单，说有几个老志愿军战士当年也认识谷柳。

我照名单寄出书后不久，即收到李增奇先生的来信，他指出我书中的错漏之处，又告诉我他自己的故事——

李增奇，当年112师宣传队的小提琴手，1946年参加东北民主联军一纵一师即38军112师宣传队。他从部队转业后，到了吉林省歌舞剧院工作至离休，此前，他是国家一级小提琴演奏家。

李增奇先生说，他也在写回忆录，看到这张照片真是爱不释手，看了又看！

武世洪先生（右）与李荣耀先生在我带去的照片中认出时任 112 师 334 团 1 营的营长谭作勤。

[35] 谭作勤（P142）

2007 年 6 月 16 日，在北京北极寺某干休所，我见到武世洪先生与夫人蒋观贤，还有他们的战友李荣耀先生。

他们认出了与黄谷柳合影的两个军人中的一个，正是他们熟识的战友谭作勤。1953 年，武世洪先生时任 112 师政治部主任，他的夫人蒋观贤当时也在同一个师，是政治部秘书科的秘书，她告诉我一个细节：

1953 年三四月间，在西海岸，黄谷柳到 112 师蹲点，他对蒋观贤说，他想穿军装。当时他身上穿的棉衣也是部队发的，不过没任何标志，所以还不能算军装。而且天气快转暖了，需要换单衣了，但发军装给非军士人员要有上级批准，蒋观贤就给 38 军政治部的吴岱主任打报告，说黄谷柳想穿军服，吴岱主任说，给他吧！于是就特批了一套军装单衣给黄谷柳。

黄谷柳在他的赴朝日记中记了这件事：

"4 月 17 日 星期五

抽调各连党团积极分子到师学习战场鼓动工作，副教导员讲话。

参加卫生员工作会议，各连卫生员报告卫生工作情况，二连、三连较好。

空师某司令员来参观阵地。

李欣吾同志送来军服一套。"

[36] 胡可（P166）

　　说起来我曾两次拜访胡可先生，第一次是在2004年6月，张文苑先生领我去胡可先生的家，请他看看我手中的照片，也许有些人他会认得，胡可先生送了我两张当年他与巴金、谷柳在朝鲜坑道前的合影照片，指出了我把照片中的辛莽认作是李蕤的错误；第二次是在2007年6月，总政宣传部的张西南副部长替我约好胡老在家等候，我再一次登门造访，这一次，我带着更多的照片请他指认，因为其中有不少是当年著名的文化人，他们参加了第一届赴朝慰问团，被我的外祖父黄谷柳先生拍在照片中，胡老指认了廖承志、陈沂、草明和张桂。

2007年6月25日，胡可先生在家中辨认我带去的朝鲜战地照片。

　　胡老说：要认出当年这些人是谁谁，我领你去找丁宁——她当年是中国文联的工作人员，正好是这批照片的年代，她能认出不少当年的文化人。

　　胡可先生领着我到了他家附近的另一个大院，上了我的好朋友江宛柳的母亲的家，原来她就是我要找的人，她还是张西南先生的岳母，有时候你不得不感叹世界真的很小。

　　丁宁老人认出了另一张照片上的廖承志，这是一直没被辨认出来的——廖承志和三男一女在天坛前合影。丁老说：这个是廖承志，一点也不奇怪，他很活跃，喜欢跟文化人来往。

　　丁老还认出草明、白朗、逯斐、严辰、葛洛、王希坚，她指出有张被我以为是丁玲的照片——那个坐在圈椅里的女人，并不是丁玲。

2007年6月25日，丁宁女士在家中辨认我带去的朝鲜战地照片。

后 记 一：476 张 胶 片 背 后 的 传 奇

这本画册，以及去年由岭南美术出版社出版的《黄谷柳朝鲜战地写真》，全都缘起于我家收藏了半个世纪之久的一批胶片。它的拍摄者是我的外祖父黄谷柳，世人只知道黄谷柳是位作家，60多年前在香港写了一部长篇小说《虾球传》，但不知道黄谷柳还是一位出色的战地摄影师，直到2003年底，我发现了这批胶片——其中，拍摄于抗美援朝时期的战地胶片就近300张，加上后来从亲属那里归拢的，总共有476张。

这篇后记，和这篇后记之前的注释，其实就是记录下这批胶片到这本画册，所有在场者、参与者走过的路。

而我做的，仅仅是从胶片堆里把往事的线索找出来，交到读者的手里。我的错误、我的不足、我的遗憾，全有赖于今后的有心人去修正和挖掘。

显然，这不是我一个人的事。

一、缘起

2003年10月，我还在广东人民出版社与企业合办的《香港风情》杂志做编辑部主任，每天去区庄立交桥底的中侨大厦上班，管理十几名记者、编辑和设计员，做一本全彩印的时尚月刊。这份工作虽然高薪，却不适合我干，我可以驾轻就熟地操作这份基本上是为广告商服务的杂志，但事实上，我在内心对它厌烦不已——我是一个对化妆品和时装潮流以及女人的絮叨缺乏兴趣的女人，每天上班就像坐牢一样，日子过得郁闷无比。工作间隙，我常常上网，上得最多的就是万科论坛，我在那里用实名发帖，认识了不少朋友。有一次，我对那里的网友说，我要给你们写一个故事——当时我想起的，是一个从前的朋友，他读过北大，有很多传奇经历。

为了使这个故事更有说服力，我开始翻找我拍过的照片——从1981年进入媒体工作开始，我一直是个摄影爱好者。中国改革开放给文化界带来的一系列变化，我几乎就是一个亲历者和见证人，80年代层出不穷的文化精英分子，其中不少人我都认识，还向他们约过稿子，也拍过他们的照片，这些照片的胶片分别藏在七个巧克力铁盒里。

这时，我才发现我的胶片保管不善，因为时光和空气的侵蚀，它们开始发霉和褪色，这个发现使我大吃一惊。一天早上醒来，我决定要用最先进的方式，给自己建一个永不褪色的数码图片库。

我是一个头脑简单、动了什么念头立刻就去做的家伙，这件在下班以后做的事，比我上班有趣多了。随后的日子里，我每隔几天就带一批胶片去中侨大厦旁边的南极光图片社扫描，次日下班，我再带着刻好的光盘回家。每个晚上，我坐在书房里，将转成数码的影像输入电脑，再将它们命名、分类、归档……

谷柳的赴朝日记就写在这个本子上。

有一天,母亲站在我身后看了一会儿,她说:家里还有一些胶片,是你外公拍的,藏在我床底下的一只纸箱里。

星期天早晨,我爬进母亲床底,拖出纸箱,翻掏了几下,便看见了它们——装订成册、很仔细地放好在每个编号小蜡纸袋里的135胶片,有几条胶片还粘在了一起。母亲说,你外公去世以后,你爸动过它们。

我抓起电话,打去问城里资深的摄影记者严志刚,我说:"胶片粘在一起怎么办?"

小严说:"放回水里,等它们泡开。"

我说:"是粘叠很久的胶片了。要泡多久才行?"

小严说:"总之你不要用手硬撕,也许要泡半天甚至一夜吧。"

我遵嘱办事,把粘叠的胶片放进凉水里浸泡,我以无比的耐心,等待它们自动分离,结果很不幸,最后它们倒是分开了,却全部在水里泡成了白版——影像跳水自杀,变成点点漂浮的污迹,我清点了我的"滑铁卢"——总共泡坏24张135胶片,晕死!它们极有可能是50年前的胶片。

这真是一个无可弥补的错误——它们曾经记录了一些什么东西,再也没有人知道了。这件事让我深悔自己没有机会去受专业训练——如果我读过考古系,应该就不至于这么鲁莽地把压叠了20年的胶片搁在水中浸泡半天吧?

我收拢起桌上剩下的一堆还很完好的胶片,把它们装进密封袋里,迫不及待地冲去南极光图片社扩印,我急于知道这些胶片的内容,我的眼睛不好,怎么都看不清胶片上的影像。第二天,我去图片社取照片,在回家的小区班车上,我把照片从纸袋里抽出来,借着一闪而过的路灯和车头微弱的灯光，我一张一张地翻看，心跳一下子加速到一分钟 100 下，当时真可以用"狂喜"两字来形容——大部分照片拍自抗美援朝时期的朝鲜，小部分拍自解放海南岛时期，还有一些拍自 1947 年至 1949 年的香港九龙。

除了我的外祖父和家人，我只认出了照片上的一个男人：在茂密的松林中，他穿着军服，和几个中国军人站在一起，在这堆放大出来的照片中，他频频出现在各个场合——这个男人，就是我在 1983 年采访过的巴金先生。

我当即用手机给以前的老总沈颢打电话，我说："我可以给你的《书城》写一篇关于巴金在朝鲜战场的稿子，因为我刚刚发现了一批从未披露过的巴金在抗美援朝前线的照片。"

我的直觉告诉我：必须尽快把这批照片的信息传播开去，这将有助于我找到这批照片的知情人，毕竟它们拍摄于 50 多年前，再迟些折腾，恐怕就来不及了。

之前，我已经在纸箱里发现外祖父写于 1955 年、供组织审查同时留家属收藏的《自传》，还有一些纸页发黄的旧作，十几本笔记和日记。其中一本日记，时间跨度从 1951 年至 1953 年，记录着他两次赴朝亲历战争的 400 天。

日记上的字迹潦草，字也写得如绿豆般大小，也许是当时谷柳纸张短缺，必须节省着用的缘故？但还好，字迹基本上我都可以辨认。我想，若是能把有关的照片配合着日记来读，对于我搞清楚这批历史照片准会大有帮助。

正是这批胶片和这本日记，使我动了要做一本书的念头。

二、烧掉手稿与保存胶片

这些 50 多年前的胶片和笔记，为什么能够保存至今？这不得不从半个世纪前的事情说起。

1953 年底，谷柳从朝鲜回到国内，调入广州作协当专业作家。在第二届全国文代会上，他告诉夏衍，他正在酝酿写一部以抗美援朝为题材的长篇小说。夏衍问他，你为什么不把《虾球传》最后一部写完？他回答说："很奇怪，对于描写旧社会的痛苦和伤残，我已经不像过去那样有兴趣了，我在朝鲜战场上，看到过不少新的英雄人物，我想通过他们来刻画亚洲巨人的兴起。"

四年之后，在 1957 年的"反右运动"中，谷柳被内定为"右派"，他变得沉默，只是埋头写他的长篇小说《和平哨兵》，他给书中主人公起名为夏球，但夏球的原型，已经不是那个当年活跃在港岛和珠三角的流浪少年虾球了，他是志愿军中的英雄战士。

这回的写作，更像是谷柳的自我拯救，他与妻子避居在广州市郊的鹤洞新村，楼前不远，是宽阔的珠江

街心花园中的虾球铜像。

铜像下的铜匾。

支流，河边有一个巨大的战备油库，再远一点，是热火朝天的广州钢铁厂。这个有着20多栋四层楼房的工人新村，在当时应该算是最时尚的住宅小区了，每栋楼都是一梯两户，每套房子都有两个阳台，每栋楼前都有小块栽满红色风雨花的草坪……谷柳与妻子、还有家里的老佣人四婆，就住在其中一栋楼二楼左边的四房一厅里。

2006年，广州电视台的"岭南星空下"栏目要做黄谷柳专题，编导郑虹找到我，说要去白鹤洞拍黄谷柳的故居，她听说那里立了一个虾球的铜像，但不知道具体的地点。我和她一起乘公共汽车前往白鹤洞，却怎么都找不到当年的楼群，只好叫路边兜客的摩托仔把我们搭去辖区派出所，接待我们的女警说，好像是有这么一个铜像。她拿起电话，问了一个在附近居住的同事，搞清楚了具体地点，两个民警正好要去巡逻，便开着警车，顺道把我们送去铜像附近——原来是某住宅小区巴掌大的街心公园，流浪少年虾球的铜像昂首挺胸地站在四面高楼的簇拥之中，他的座基砌着一块铜匾，上面刻着"虾球是寓居芳村鹤松里的著名作家黄谷柳（1908-1977）笔下的少年英雄……"。

我不禁哑然失笑，周围的这些楼房，全在12层以上，外墙贴着90年代才开始使用的马赛克，哪里有外祖父故居的影子呢？不过，旧楼拆了重建，地皮却跑不了，居委会拿虾球来做小区的标志物，倒也不算太离谱。

20世纪60年代，黄谷柳在鹤洞新村居住时，常常替居委会抄写户口簿，却极少与同行来往，他仍旧笔耕不已，写他那部反映抗美援朝的长篇小说，从50年代中期至60年代中段的十数年间，他三易其稿，到

1966 年，30 万字的长篇小说《和平哨兵》终于脱稿了，可是，"文革"也开始了，就在红卫兵抄家前夕，黄谷柳在厨房里，将这部手稿当做了熬汤的柴禾，悉数付之一炬。

其时，谷柳已经把自己家中的客厅和书房，让出给附近钢铁厂的两户工人居住。但是，烧掉了《和平哨兵》的黄谷柳，却把笔记、日记、胶片、朝鲜战场上的来往信件、昔日出版的著作，以及志愿军中的印刷品，甚至还有 1951 年安东市第一照相馆的收据，统统保存了下来，收藏在一只从文具店讨回来的废旧纸箱里。

多年以后，当我翻阅外祖父的笔记本和日记本时，我才知道他原来是个有记录癖的人，对自己经历的事情，只要与国家有关，他都写下详细的笔记。直到这时，我才恍然大悟——"文革"初期，谷柳把靠近大门的两个房间让给两户工人居住，也许就有保存这批资料的考虑在内，记得外祖母说过，有过几批前来敲门的红卫兵，他们要闯进来查抄，却被住在客厅和书房的两户工人骗走了——他们说，这里哪有住着一个作家！

在那场席卷全国的红色风暴中，因为有广州钢铁厂工人的贴身保护，我外祖父的家才未被红卫兵们查抄。

直到今天我还在想——外祖父未必是因为害怕才烧掉 30 万字的手稿吧，他也许是不满意自己的作品？如果他真的很恐惧，为什么不同时烧掉笔记、日记和胶片呢？他何至于要让出两个房间来保护它们？

谷柳在逝世之前，赶上了"四人帮"的垮台，他兴奋地对好友秦牧表示，他要重写长篇小说《和平哨兵》。但这个心愿，却因为他的兴奋过度导致脑溢血而落空了。谷柳的病逝，使他成了一名只有一部传世之作《虾球传》的作家。

我一直对这样的事实怀有疑问：黄谷柳作为一名成熟的小说作家，新中国建国以后，他的生活和工作都有了保障，为什么他反而拿不出一部像样的作品？

自 1949 年黄谷柳投奔共产党，至 1977 年他因病逝世，黄谷柳一直置身于党和国家的庇护之下，虽然其中他也有过被打成"右派"和在"文革"中受冲击的际遇，但这些坎坷曲折与他在旧中国时代的颠沛流离、朝不保夕相比，显然不可同日而语。然而，黄谷柳在 1949 年以前，尚且能够写出一部脍炙人口的《虾球传》，为什么在 1949 年以后，他反倒只有一些散文、一篇童话和一两个参与改编的剧本问世？在这漫长的 28 年里，黄谷柳除了写作那本在"文革"初期被他自己烧掉的《和平哨兵》，作为一名长期领着国家薪俸的专业作家，他还做过哪些与文学创作相关的事情呢？

从内心讲，我是希望从外祖父的经历和选择中找出一名中国作家在历史大变革时期的轨迹，黄谷柳为什么只保留了他的笔记而不是他的作品？烧掉作品保留笔记和胶片有没有可能意味着他再一次否定自我，从而在内心保存了对"父亲"的向往？毕竟，弃儿出身的他，从少年期到中年期，一直饱受旧社会给他的屈辱和恐惧，我的外祖父很可能终其一生都在寻找某种归属感。

三、从一帧图片开始的寻人之路

2003 年 11 月，我卖掉了城里的房改房，把欠银行的房贷交清了，大半年前，正值非典高峰期，我下班路过环市路上的嘉应大厦，它背后有栋淡绿色的高层建筑在搞开盘促销，三月的凄风苦雨中，没几个客人光顾。我有点好奇，走进去看热闹，接下来的事情就是掏空口袋里仅有的 200 元交了一套小单元的订金，第二天，我去补办了签合同交首期的手续。半年后，我拿到房子，接着便做起了房东——我住在郊区的小岛上，我把城里的小房子出租给陌生人，这使我有了基本生活费，我觉得自己明年可以不再跟《香港风情》杂志续约了，我要去做自己想做的事情。

年底，我把不续约的想法对杂志的总编辑袁灿华讲了，我没说我要去做什么，我只告诉他我要出国去澳洲的妹妹家，这是我的一个借口，不过我认为它足以解释我为什么要放弃他给我的那份万元高薪了——我想，别人理解这种理由，总比理解我辞职去调查老照片更容易一些吧？我不想多费口舌，更不愿在起步之初就受到旁人的注意和干扰。

离职有两个月的交接期，2004 年春节过后，我再一次成为自由人，回到家里，开始整理纸箱里翻出来的半个世纪前的照片。有一天，我带上照片和十几本笔记日记，去找《21 世纪经济报道》的头头沈颢，我在他手下当过两年半的记者和编辑，他教给我很多东西，这一回，我也想听听他的意见。结果，我颇受打击——因为沈老板说，你要做成这件事，就得找一家出版社出钱，再雇一名大学生或研究生帮忙才行。

沈颢说，你总得找个研究生，经常商量讨论吧？没有人跟你讨论，你怎么有把握做好它呢？还有，你也得边采访边拍照吧？那些老人已经很老了，你总得搞台 DV 把采访过程拍下来，以后编出专题给电视台播。

你会用 DV 吗？沈颢问，你应该有台专业的 DV。

我没有，我老老实实地回答说，我不会玩数码机器，我只会拍胶卷照片。

沈颢摇头，不断有以前的同事走进办公室让他签报纸大样，在签样的间隙中，他终于翻完了摊满桌子的照片和笔记本，看到我沉默不语，他安慰我说：你有自己的事情做，不用上班，还是好啊。

回家以后，我在想，沈老板一定是认准我干不成这活，不然，他怎么会说了一大堆我不可能拥有的条件呢？哪家出版社会在这种时候给我投资？他还叫我雇一名大学生，我现在刚刚够养活自己，他以为我找个研究生聊天那么容易？

既然不可能按照沈老板的标准去做，我只有用自己的方法硬来，在此之前，我已经给《书城》一篇配图文章《朝鲜战地的巴金》，第一张照片的图片说明——除了巴金没标注错，其余五个军人，三个被我认错，两个我写"待查"——真是大胆得离谱，也错得离谱。

这篇文章，我还寄给了上海的某张报纸，2004 年 1 月，几乎与 2004 年 1 月号的《书城》同时，它也照样登出来了，结果报纸责编给我打来电话，说有个老人打电话去报社，指出这篇东西的图片说明几乎全错了。我赶紧问这个责编，那个老人有留下姓名和电话吗？

责编说没有，也不是她接的电话，对方是男是女都不清楚，就知道是个老人的声音。

我惋惜不已。而《书城》那边，后来也没有给我传来丝毫反响，看来靠它引出照片的知情人是指望不上了，那些埋在岁月深处的知情人，完全有可能从未听说过《书城》这本小资读物。

我只好回到外祖父的日记中另想办法，1952 年，黄谷柳参加巴金率领的朝鲜战地访问团，他的日记里，有份访问团成员名单，总共 17 个人，都是当代著名的作家和艺术家，我一边上网去查他们的下落，逐一给他们建立档案；一边向同行朋友们打听。

四、踏破铁鞋无觅处

2003 年 12 月 12 日深夜，我如常泡万科网，看见"读书者说"的版主杨早帖出一篇《夕花朝拾之 34：中了传奇的毒》，他在侃民国的野史，我在下面跟帖："杨老师，大作愈发地精彩了。噢，向你请教个问题：谁能辨认这些人在 1952 年时的容貌? 也即是说我可以向谁去问呢——古元、白朗、王希坚、罗工柳、辛孺、菡子、逯斐、寒风、西虹、高虹、西野、王莘、伊明、艾芜夫妇、立高。"

杨早回我一帖："黄姑娘，你不能当俺百晓生啊! 虽然你的客气话说得咱美滋滋的，可是真不知道哪位对这些次等文人眼熟能详。"

这时，有个叫"子野"的网友跟帖："找当年在延安鲁艺呆过的现在还活着的老人家问一下，里面很多是画家，不是什么次等文人。比如罗工柳，他现在还活着。需要的话，可以帮你问他老人家的电话。"

又有一个叫"jack"的网友跟帖："古元、罗工柳、高虹都是著名画家。记得古元是版画家，而后两位都是油画家。这几个人，都名列中国现代美术史的里程碑人物之列。我尤其景仰罗工柳，他的战争题材作品空前绝后，既充满乡土气也充满英雄主义，素描功底媲美俄国和德国大画家，是中央美术学院的元老。艾芜、菡子——文学家（小说家还是诗人，记不清了）。总而言之，他们不是次等文人。除非你是开玩笑。"

我一阵狂喜，这条线索，真是得来全不费功夫!

子野提醒我，罗老身体不是很好，他患过 7 种不同的癌，还动过 8 次手术，子野的意思是叫我抓紧时间。在子野的帮助下，我很快就与罗工柳先生通了电话，没过多久，我收到罗工柳先生在 2003 年 12 月 25 日写给我的信。罗老先生在两页的信纸中写道：

"……你录的一段黄谷柳的日记，和我的日记时间是一致的。西虹的日记也是十八人，文学界有巴金、黄谷柳、葛洛、李蕤、古立高、王希坚、寒风、西虹；女作家有白朗、菡子、逯斐。美术界五人，有古元、辛莽、西野、高虹和罗工柳。电影界有于敏，音乐界有王莘。艾芜夫妇在四川没有来。

"我的日记有，在志愿军总部了解情况后，各人选择创作基地，4月6日分头出发去前线，巴金、黄谷柳八人去开城，去中线的有西虹、高虹、西野、罗工柳，去上甘岭方向的有古元、葛洛、辛莽等六人。到前线分散到各军，基本上都是分散的。

"我们小组的成员，日记不一样，每人处境不同，体会也不同。你整理你外公的日记是很有意义的，祝你成功。"

2004年我两次赴京，却因罗老住院而缘悭一面，2004年10月22日，著名版画家、油画家和美术教育家罗工柳先生因病抢救无效，在北京逝世，享年88岁。

2004年春节过后，我收到高虹先生的信，之前，我遵照罗老先生的嘱咐，把一叠放大的照片，还有2004年1月号的《书城》——上面有我那篇图说错漏很多的《朝鲜战地的巴金》寄给了高虹先生。高虹先生回信写道：

"看过你写的《朝鲜战地的巴金》一文和文中五幅珍贵的历史照片十分高兴，半个多世纪前我们去朝鲜前线那段生活又重现眼前，你外公黄谷柳同志性格爽朗，为人谦和热情。我们那次同行时间不算长，他和大家都处得很亲切，给我留下很深的印象。当时我带了一台苏联基辅相机，初学照相，苦于难掌握恰当的光圈和快门配合，谷柳同志说他有一个手抄的摄影曝光表，上边关于各种情形的曝光都有确切的规定。就在住志政招待所时，我抓紧空隙时间借来他那份曝光表照抄下一份，后来照相前拿出来看看，效果很好。多年来，他欢快的音容时常出现在我的记忆里……。"

高虹先生纠正了我对图片的一些注解，他还告诉我怎么跟张文苑先生联系——当年，正是志政的张文苑陪同巴金和谷柳到前线去，在巴金与五位军人的合照上，右边第一位就是张文苑。

5月15日，高虹先生给我回了第二封信，他把我寄去的访朝代表团的合照描下轮廓，编号加注，寄回给我。

在这两封信之间的日子里，我已经跟张文苑先生联系上了，第一次接他的电话，是在建设六马路的麦当劳餐厅里，那时我已经做完自己在《香港风情》编辑部的交接工作，正和几位旧同事用西式快餐道别——嘈杂不堪的背景声中，我努力辨认手机听筒传过来的张文苑先生的声音：

"小黄同志，收到你寄来的照片了，我认出了一些人，我还在和北京的老战友联系，也请他们帮忙辨认一下。你外公是个很好的人啊，在朝鲜前线，我曾跟他在一起……。"

五、古老的行规

在我开始做这件事的时候，我不知道自己想在这本书里说明什么，我只知道这些历史照片很珍贵，而我外祖父的赴朝日记，一定藏有这些照片的线索，若是我能把它们结合起来，我就能够重现黄谷柳见证抗美援朝的一段历史。

我甚至想，当我做出这本图书，当我找到照片上的这些志愿军战士，我就可以把印着他们照片的图书送给他们了——摄影记者都知道我们这个行当里有一条古老的行规——当你拍摄了谁，不管你离开多久，你都要尽可能地把照片洗印一份，送给你的拍摄对象。

2004年夏天，姨丈卢文（右）领我去拜访他在边纵时期的老战友、也是黄谷柳在南方日报社当记者时的老总李超。

我的外祖父在朝鲜战场上给志愿军战士拍摄了几百张照片，他没有机会把照片寄回给部队——照片上的战士，今天如果仍健在的话，如果他们能看见这本书，应该是第一次见到自己在朝鲜战场上的照片吧？

黄谷柳没把照片寄回部队，还有一个很重要的原因——真正使他深居简出的，不完全是因为他在1957年成了"右派"。2004年，我采访谷柳任职南方日报社时期的老上司李超，李超告诉我，谷柳的受压，不完全来自于1957年的"反右"运动，他另有原因。

我依稀记得，小时候听母亲说过外公是"特嫌"——也许李超指的是这个？我问李超，李超说：这件事我不便多说，总之后来的历史证明他是清白的。

我再向母亲打听此事，母亲说：那时——哪一年记不清了，有一个叫水姑的越南亲戚来找你外公，后来，你姑丈（陈残云）因为拍电影《羊城暗哨》，跟广州市公安局的人很熟，所以他知道内幕消息——受监视的香港特务水姑，借探亲为名上广州看望黄谷柳，于是黄谷柳就有了特务嫌疑。

母亲说：那时候，你爸很长一段时间不想我回娘家。后来，我一个人带着你和妹妹回娘家，更多的时候，是你自己一个人去白鹤洞看望外公外婆……我笑了起

1964年，谷柳夫妇与外孙黄荦在广州东湖公园。

来，这些往事我都记不得了，那时我才多大一点？我有那么勇敢吗？

母亲说：你外公问我为什么不去看望他们，我不敢告诉他原因。后来，听人说水姑在广西被公安逮捕，她坐牢去了。这件事过去很久，你爸才肯跟我一起回娘家，说起来我也挺委屈的。

当时，背着"特嫌"的黄谷柳如果去部队找战友，他会有什么结果？想想都脊背冒冷汗，怪不得黄谷柳从朝鲜战场回来以后，直至他逝世，家里人都不知道他还有这么多曾经共同浴血的好兄弟。

我想，这就是我该做的事情——替外祖父把照片送回给54年前他的拍摄对象，我得把这批照片和这本日记做成一本书，让这段历史不再被无心埋没。

这个理由，做一本书够不够？

事实上，我拿这批照片，做出了两本书——《黄谷柳朝鲜战地写真》以及现在这本——《1951–1953，中国的文人与中国的军人》。

感谢所有向我提供过帮助的前辈和朋友们，是他们的鼓励和支持使我能够坚持下来，最终完成这桩心愿。

黄 茵

2007 年 8 月于广州沙窖岛

后记二：从广阔的社会生活中寻找出版激情

前不久，我们出版了一本《黄谷柳朝鲜战地写真》，内容是黄谷柳作为战地记者在抗美援朝期间写的日记和拍摄的图片。书中的那个年代离今天的我们已经算是非常远了，半个世纪，历史的风云在我们的记忆屏幕上叠加了无数的喜怒哀乐，但是作家对生活的感受依然是鲜活的，当年面对生活的激情至今依然荡气回肠。

那本书是由黄谷柳的外孙女黄茵编著的。是一个偶然的机会，黄茵在家中的一个角落发现了黄谷柳在朝鲜的战地日记，还发现了与之相应的一批胶片。她在激动中做出了一个人生的重大决定：辞掉工作，全力整理和诠释这些胶片和日记。

那是 2003 年冬季，广州一年里最宜人的季节。黄茵就从那本已经被流光洗刷得发黄的日记本和那些还没有洗印的胶片开始，跟着外祖父黄谷柳的眼光，徜徉在远去的岁月之中。于是，就有了《黄谷柳朝鲜战地写真》。

当拿到书稿的时候，我的心中顿然有几分激动。黄谷柳是作家，他的长篇小说《虾球传》被写入多种版本的文学史。20 世纪 80 年代，广东电视台拍摄的同名电视连续剧曾经风靡一时，其主题曲《游子吟》至今仍在传唱。但是黄谷柳更是一名战士，在他的人生道路上，他多次主动要求到战场上去，贴近活生生的社会现实。这与当下许多人主张文学与社会生活拉开距离，形成了一种鲜明的对照。张扬一种使命感和责任感，这或许就是我拍板决定出版这本书的主要原因。

另一个令我感慨的原因来自黄茵。上个世纪的 90 年代前期和中期，中国文坛曾经有过一阵"小女人散文"的热潮，波及甚广。黄茵正是这股浪潮的中坚之一，写了大量娇小旖旎的散文，题材大多是身边琐事和心底微澜。但是当她从外祖父的遗物中发觉了自己的责任，立即改弦易辙，倾情倾力，树立起另一种文学形象。

在《黄谷柳朝鲜战地写真》的首发式上，有记者让我预测这本书的销量。我不想说一些套话和廉价的广告语，只是告诉他，即使没有多少经济效益，我们也认为值得出版这样一本书。事实上，《黄谷柳朝鲜战地写真》在产生较大社会效益的同时，也取得了较好的经济效益。

近年来，岭南美术出版社实行"四个结合"的出版方针：美术与社会结合；美术与历史结合；美术与文学结合；美术与科技结合。《黄谷柳朝鲜战地写真》无论在内容还是形式上都是这种思路的体现。我希望我们的创作和出版都将更多地从广阔的社会生活中寻找激情。

受《黄谷柳朝鲜战地写真》的成功鼓舞，黄茵继续发掘外祖父的遗产，又有了"巴金和他的战友们在朝鲜前线"这样一个选题。于是我们就有了《1951—1953，中国的文人与中国的军人》这样一本图文书，作为巴金诞辰103周年纪念奉献给读者。正好是黄谷柳逝世30周年，也作为对这位战士和作家的深深怀念。

前一阵子有人倡言，要将已经被中学语文课本使用多年的《谁是最可爱的人》删除，在这种背景下出版这样一本书，或许也算是我们的一种关注姿态吧。

徐南铁

岭南美术出版社社长、总编辑